朝日に匂う桜

真喜志興亜

文藝春秋企画出版部

朝日に匂う桜　もくじ

装丁　山内宏一郎
写真　星乃滋／アフロ

朝日に匂う桜

Ⅰ　沖縄での暮らし

偶然の出会い

キリスト教の信者でもない一人の青年が、ある日厳《おごそ》かな教会へ行き、そこで天女に出会った。照喜名淳一《てるきなじゅんいち》と松島頼子《よりこ》の出会いはそのようなものであった。

そこは沖縄にあるアメリカの教会で、クリスチャンの頼子はいつものように日曜日の礼拝に来ていた。一方、淳一のほうはクリスチャンでもないのに、教会へ行く理由があった。

当時、沖縄はまだアメリカの支配下にあり、日本への復帰は少し先のことであった。アメリカは沖縄で米国留学という制度を作り、年に四、五人の青年男女を本国の大学や大学院に留学させていた。この留学制度は「米留」と略称され、青年男女にとって憧れの的であった。淳一は当時二十五歳であったが、日本本土の大学を卒業して沖縄に帰り、地元の銀行に就職していた。その間、何回か米留の試験を受けていたが、毎年のように落ちた。英語力の不足であるのは淳一も自覚していた。

淳一の親戚に与那覇《よなは》順子という中年の女性がいた。アメリカ人のビジネスマンと結婚して、毎週教会に通っていた。その彼女から「ヒアリングを鍛《きた》えるためにアメリカ人牧師の説教を聞きに来たら」と誘われたのである。

与那覇順子の紹介で、淳一と頼子は挨拶を交わした。淳一は頼子をひと目見て、圧倒された。目が覚めるような麗人だった。弱々しく見えるが、色白で白百合のようだった。

牧師の説教が始まった。淳一は与那覇順子の家族と一緒に前の方に座り、頼子は後方に座った。頼子に会ってから、淳一は気もそぞろで、牧師の説教が耳に入らなかった。

来た時と同様、帰りも淳一は与那覇順子の車に乗った。

「頼子さん、結婚しているのよ」

淳一の気持ちを見透かしたように順子が言った。

「えっ、そうですか。独身かと思った」

淳一は頭をぶん殴られたようであった。

「若く見えるけどもう三十八歳、結婚して十六年も経つそうよ」

与那覇順子は、このことだけはしっかり言っておかないと、淳一のためにならないと思った。

淳一はそのことを知り、淡く膨《ふく》らんでいた気持ちが、パチンと壊されてしまった。

その後も淳一は教会へ行き、頼子も通ってきた。しかし、いつも夫と同伴ではなかった。淳一は出張でもしているのかと思った。

一か月くらい経ってから、淳一が勤めている銀行の普天間《ふてんま》支店に頼子が来た。淳一は驚いたが、預金口座の開設だと言った。淳一は外為係で窓口に座っていたが、頼子の用件を聞いて、預金係のところへ行き、引き合わせた。

その後、頼子はちょくちょく預金の出し入れに来るようになった。日曜日に教会で顔を合わせるだけでなく会う回数が増えたので、親しさが増して、いつしか食事をする仲になった。淳一が驚いたのは、頼子と夫は別居しているということだった。夫はハワイの二世で軍人であるが、医療関係の仕事をしているという。来島して沖縄の女性と懇《ねんご》ろになり、同居した。今ではそこから仕事に通っているという。

頼子の家は、普天間の近くにある米軍の住宅街の一角にあり、彼女は一人で住んでいた。ある夜、淳一は夕食に招かれた。

夕食が終わり、話をしているうちに気分が高まり、二人は寝室に入った。そこで二人は激しく燃えた。淳一は未婚ではあるが、女性は初めてではなかった。当時、沖縄のコザには赤線地帯があり、そこへ足を運んだこともあった。

体の関係ができてから、淳一と頼子の仲はより親密になった。そんな折、頼子の夫は任務を終え、ハワイに帰ることになった。沖縄の女性とは別れたという。

夫はハワイに帰ったら縒《よ》りを戻し、再出発したいと頼子に言った。その話を聞いたあと、淳一はどうしたいのか頼子の気持ちを訊《き》いた。頼子は、これからの人生を淳一と共に送りたいと答えた。

頼子がハワイに発《た》つ前、淳一は頼子に、ハワイで離婚が成立したら沖縄に戻ってくるようにと言い、そのあとすぐに結婚しようと提案した。ハワイに帰った頼子は夫の松島と別居し、離婚の訴訟を起こした。淳一とは文通を続け、淳一はそのたびに頼子を励まし続けた。


淳一の家族はある時、頼子から来る手紙を開封し、二人の関係を知った。当然、みんなは猛反対した。年齢が十三歳も違い、十六年も結婚生活をしている。子どももいないようだし、結婚しても子どもはできないだろう。淳一は長男であり、子どもを授からない女性との結婚はするべきではない。何べんも家族会議が開かれ、父親をはじめ家族全員が頼子との結婚を諦めるように説得を重ねた。

淳一は同意せず、絶対に結婚すると言い張った。

たまりかねた弟の浩は、

「兄さんのためを思って、みんなは反対してるんだ。家族の気持ちが分からないのか」

と叫んで、泣きながら淳一の襟元を摑《つか》むとその場に立たせ、顔をぶん殴った。

それでも自分の意志を変えない淳一に、父元太郎は、

「もう、おまえは息子ではない。この家を出て行け」

と勘当を言い渡した。

家を出た淳一は喜友名《きゆうな》で部屋を借り、一人暮らしを始めた。淳一はそのことを頼子に伝えた。

淳一はどんなに苦しくても、あなたが離婚して沖縄に帰ってくるのを待っていると、手紙で伝えた。

支店には夜勤当番というのがあり、銀行の側にある小屋で寝泊まりをして、警護に当たった。自分にその番が来ると、妻帯者はいやいやその任に当たっていた。それを知っている淳一は、代わってほしいと頼まれると、喜んでそれに応じた。

夜勤当番は寝る前に二回店内を見て回り、日誌に書く。静まり返った店内は、机や椅子が物憂げに居並び、時計の音だけが店内の静寂を打ち破る。

最後の巡回が終わると、淳一は小屋に帰り、寝る前に頼子に手紙を書いた。一人身の寂しさをひしひしと感じるので、自分の心情を荒々しく書きなぐった。

頼子からは、達筆な字で濃《こま》やかに心情を綴った手紙が来た。淳一はそのすばらしさを感じながらも、かえって反発心が起き、思いの丈《たけ》をなぐり書いた。けれど淳一のなぐり書きの手紙は、頼子に励ましを与えた。夫は離婚の裁判の中で、沖縄で行なった不倫を反省し、再出発を誓った。これまでの結婚生活で、夫婦が力を合わせ、幸福に満ちた時代もあったことを申し立て、弁護士のほうもその点を強調し、頼子にゆさぶりをかけた。それに対抗するには、心情を荒々しくぶちまける淳一の手紙は強力な防御になり、頼子に闘う活力を与えた。

ボーイスカウトでの活躍

淳一の勤務する銀行は、全店を挙げてボーイスカウトの活動を支援していた。淳一の支店にもボーイスカウトがあり、行員が隊長になって少年たちと毎週のように活動した。

隊長は二年交替であるが、任期を終えた隊長の後任に淳一が指名された。淳一は辞退したが、支店長から直々に頼まれると、受けざるをえなかった。

隊員はその地域の小学校低学年から中学校三年生までで、三十人ほどいた。入隊して真っ先に教えられるのは、何のために入隊したか、その目的である。これは入隊をした隊員に配られる冊子に書いてあって、その誓いの言葉を新入隊員は全文暗誦させられる。

淳一が初めて活動に参加した時、一人の小学校三年生が入隊してきた。その子は、自分を鍛え、社会に貢献するという誓いの言葉を少しずつ暗誦していった。帰る前に、淳一は今日覚えたところを言わせてみた。ほんの少しの暗誦であるが、少年がちゃんと答えたので、淳一は「よく頑張ったね」と褒めてあげた。

次に隊員は縄の結び方を学ぶ。いろいろなやり方があり、やさしいものから難しいものまで幾種類もある。淳一はそれが苦手なので、上手な上級生に指導者になってもらい、年少者に教えさせた。淳一は新しい縄の結び方を覚えた隊員を、「よく頑張ったね」と褒めてあげ、指導した上級生にも「教え方、うまかったよ」とこちらのほうも褒めてあげた。

淳一は縄の結び方がよく分からない下級の隊員を上級の隊員がやさしく教えているのを見ると、心が温まり、感動が言葉になって口から出てくるのであった。

隊員にどう接するかについて、淳一は頼子からアドバイスをもらった。淳一は大学で教員免許のコースを取っていなかったので、子どもたちに接するのは初めてであった。頼子は長年、ハワイの日本語学校で教えているので、自分の体験を淳一に伝えた。

「やさしく、親切に接するように」

真っ先に言われたのがこのことで、淳一は頼子の言葉をしっかりと胸に収め、隊員に柔和な態度で臨んだ。

それが功を奏したのか、隊員は、今度の隊長はやさしい、というイメージを持った。前の隊長が厳しかったから余計そう感じたのである。前の隊長は淳一の支店にいる先輩行員である。高卒の行員だが、事務能力がすばらしかった。それゆえに、全行員から尊敬を受けていた。

彼は何事にも全力投球で当たる、優秀な男だったので、ボーイスカウトの活動がどういうものか短時間で習得した。縄結びなどのやり方も全部覚え、しかもとても素早くできた。自分が何でもできる隊長は、隊員から尊敬されたが、睨《にら》みも利くので怖れられもした。縄結びなど、隊長自らが隊員に教えるが、ふざけていて覚えるのが遅いと、厳しく叱ったりした。

淳一は、そういう優秀な男から隊長の任務を受け継いだので、とても前任者の真似はできないと思った。そこで、自分にできることをしようと考えた。ハワイにいる頼子からは、「やさしく、親切に接するように」というアドバイスをもらっている。その線で行こうと思った。

淳一は三十人の隊員を三つのグループに分けると、それぞれのグループの隊長、副隊長を決めた。その後、縄結びなど、隊員に何かを習得させる時にはグループ別に学ばせることにした。

次に、何かを習得させると、三つのグループで勝負をさせた。よくやったのは縄結びでの勝負だ。やさしい結び方から始まり、難しいやり方へとリレー式で進ませる。結び方が合っていたら、次の者が難しい結び方を行なう、というやり方である。

淳一は賞として、帳面、消しゴム、鉛筆などを用意した。ただし、全員が漏れなく何かの賞をもらえるようにしたので、みな大喜びであった。

例年、夏休みになると、北部にあるボーイスカウトのキャンプ地で、全島大会である「沖縄ジャンボリー」が開催される。もちろん淳一の隊も参加した。全部で五日間の合宿であるが、料理は自分たちで作って食べる。早朝の起床から始まり、夜の就寝まで、隊員は規律正しく行動することが求められた。

ジャンボリーの期間中、縄結びの競争があった。やさしい結び方から難しい結び方へとリレー式で行なわれる。各隊から五人が選出され、競い合った。淳一の隊員は日頃からそのやり方で競っているので、全員が慣れていた。結果は一位であった。全員、「やったー」と大喜びであった。

最後の夜に、キャンプファイヤーがあった。それに移る前に、ジャンボリーの表彰式が行なわれた。そこでは、各隊が総合的に評価され、表彰を受けるというものだ。縄結びの競争も評価の一つであるが、五日間の合宿で隊が規律正しく行動していたか、その評価が最も重要なポイントとなった。金賞は、淳一の銀行ではなく、他の会社がスポンサーになっている那覇のどこかの隊であった。淳一の隊は銀賞であった。それでも隊員は大声で叫び、喜びを露《あら》わにした。そして、全員が賞状と記念楯を手にした淳一の周りに集まった。

淳一はジャンボリーでの出来事をハワイの頼子に知らせた。

「君から教えてもらった、やさしく、親切にというモットーで隊員に接したら、みんな僕に懐《なつ》いてくれた」と頼子に感謝の気持ちを伝えた。頼子からは、「淳一さんも頑張ってるのね。松島は自分の非を認め、やり直したいと言ってしつこく食い下がるけど、あなたの強いサポートがあるので、私は決して負けない。必ず離婚を勝ち取ります」と、強い決意をこめた返事がきた。

銀行では広報活動の一環として月刊紙を発行していた。新しい号で、普天間支店のボーイスカウトがジャンボリーで銀賞を受賞したことが、写真入りで大きく掲載された。淳一の銀行がボーイスカウトを支援してきて以来、初めての受賞であった。記事では、「明るい未来に向かって前進するすばらしい快挙である」と報じられ、淳一は誇らしい気持ちになった。

また、この快挙により、予想外の出来事が起きた。支店の行員は預金活動に尽力するよう義務づけられていたが、淳一が隊員の親たちと親しくなるにつれ、これまで他行に預けていた定期預金が満期になると、淳一の銀行に移してくれたのである。銀行の月刊紙には、全店の預金勧誘の優秀な者が報じられていたが、このことがきっかけで淳一の名前が上位入賞者として載るようになった。

支店長の嶺井《みねい》は、高額の定期預金が満期に近づいた時、継続のお願いに得意先係が単独で行かないで、淳一を連れて行くように命じた。淳一には何か人を惹《ひ》きつけるものがあると睨んだからである。

普天間支店の定期預金の高額者の中には、米軍の基地から入る軍用地代をたくさんもらう人が多かった。この辺りで大きいのは、普天間飛行場である。そこは、嘉手納《かでな》飛行場の次に大きい飛行場で、アメリカが軍事目的に使用していた。

普天間飛行場に軍用地を持つ高額預金者には、お年寄りが多かった。その人たちは標準語より沖縄の方言に慣れ親しんでいたが、淳一は方言も上手だった。お年寄りに合った話題で話を進め、気心が通じたところで、定期預金の継続をお願いした。お年寄りは快くそれに応じてくれた。淳一の、お年寄りに対する方言での対応のうまさを、得意先係の知花《ちばな》は支店に帰ると、支店長の嶺井に報告した。

嶺井は米留帰りで、三十二歳で支店長になり、銀行で一番の切れ者と言われていた。ある日、嶺井は得意先係の知花を呼び、手元にあった普天間飛行場の大地主のリストを見せた。そして、当行との取引状況を調べさせた。

知花は、当支店との取引は約三分の一で、定期預金も約三分の一だと現状を報告した。報告書を見た嶺井は淳一を呼ぶと、

「普天間飛行場の大地主の三分の二は、他行や農協と取引をしている。知花と二人で時間を作り、うちと取引のない大地主の家を訪問し、預金の勧誘をするように」

と言い渡した。

淳一は外国為替《かわせ》の仕事をしていたが、時間がある時は知花と二人、一軒一軒大地主の家を訪問した。

地主たちの家を訪問すると、淳一はまず四方山話《よもやまばなし》からスタートし、彼らに自由に発言してもらった。そのあと、今出てきた話題と関連する話に移り、熱心に語り合った。淳一はどういうわけか老人たちとはよく話が合い、彼らもそういう淳一とのおしゃべりに熱中した。

帰りしな、淳一はさり気なく、お近くにいらっしゃった時には、ぜひ当支店にも足を運んでほしいとお願いした。そのうちに、その努力は少しずつ実を結んでいった。他行や農協で預金が満期になると、老人たちは全額、あるいは半分を持って預金してくれるようになった。またある者は、まず普通預金口座を開設し、その後他行との定期が満期になると、次回からは淳一

の支店に預けてくれるようになった。

淳一は訪問した大地主が初めて来店すると、支店長の嶺井のところへ連れていって紹介し、自分も同席、嶺井と大地主との橋渡しを円滑に行なった。彼らは丁重な扱いに気を良くし、知り合いに声をかけてさらなる預金者を呼び込んでくれた。

こうした細かい努力の積み重ねによって、淳一は全店の預金勧誘額で一位になり、長くその座を守り続けた。

頼子の離婚

銀行で一番忙しいのは決算の日である。それが終わると、次の日は打ち上げのパーティーが支店内で行なわれる。お酒も入り、弁当を食べながら雑談をし、その後で余興が始まる。

本土への復帰前で、まだカラオケなどない時代である。酒が入った勢いも手伝って、人前で歌い慣れている男子行員が、十八番《おはこ》にしている流行歌を次々に披露していった。

淳一も曲に合わせて拍子を取り、余興に参加して盛り上がった。歌好きの連中による披露が一段落すると、盛り上がっていた一座に静けさが訪れた。それを打ち破るように、淳一の先輩が、

「淳一、今度はお前が歌え」

と、号令を出した。

みんなの注目が淳一に集まった。それまで熱唱していた者はみな立ち上がり、その場で歌っていたのだが、淳一は支店のロビーに出ていって、歌い始めた。

ちょうどその時流行《はや》っていた演歌で、一節太郎《ひとふしたろう》が歌った「浪曲子守唄」である。この曲を主題歌にした映画まで作られ、大ヒットした歌だ。

「逃げた女房にゃ未練はないが　お乳ほしがるこの子が可愛い」（作詞・作曲　越純平）

と、いきなり泣かせる歌詞からスタートする。

淳一はタオルを手に持ち、身振り手振りを入れて情感たっぷりに歌い出した。聴く者はみんな、淳一の心境を思い出して引き込まれていった。淳一の恋する女性はハワイに行ってまだ戻ってこない。そのため毎日、悶々とした日々を送っている……。

同情はするが、淳一の身振り手振りのおかしさもあり、みんな大爆笑であった。淳一は反応の大きさにびっくりしたが、みんなが楽しんで見てくれているのが分かって、しっかり最後まで歌い切った。拍手が次々と起こって鳴り止まない。あっちからもこっちからも口笛やヤンヤの歓声が上がり、広い行内に響き渡った。今日一番の盛り上がりだった。

淳一はこの日の出来事を頼子にも詳しく書いて送った。寂しい思いをしながら辛抱強く自分を待ってくれる淳一に想いを馳せながら、頼子は心の中で拍手を送った。手紙を読んだ頼子は早速、自分も淳一の励ましで、離婚の裁判をしっかり頑張っていることをいつもの流麗な文字でしたため返信した。

頼子がハワイに行ってから一年近く経ったある日、頼子からようやく、離婚の成立が間近だと、待ちに待った知らせが届いた。年が明け、一月の半ばには無事裁判が終わるだろう。そうすればその月の終わり頃には沖縄に行かれるだろうと、文面から喜びが伝わってきた。

頼子はいったん大阪の実家に寄り、そこから沖縄に向かった。大阪からは那覇行きの最終便に乗った。当時の那覇空港は小さく、夜も遅いので、ターミナルは閑散としていた。

待合室の窓際に立ち、淳一は目を凝らして、飛行機から出て来る乗客を見つめていた。今か今かと頼子が現れるのを待つ間、さまざまな思いが脳裏をよぎった。一年以上も会っていない。裁判の疲れで、窶《やつ》れ切っているのではないかと、頼子の身が案じられた。

ようやく頼子が姿を現わした。タラップを降り、小雨が降る中、華奢《きゃしゃ》な肩を窄《すぼ》めて、出口に向かって来るのが見えた。淳一の目は頼子一人に向けられた。いまだかつて、これほどまでに力をこめて、人の姿を、その存在を見つめたことなどなかった。

手続きが済み、出口から頼子が歩いてきた。淳一は言葉をかける前に、頼子をしかと抱き寄せた。しばらくの間、二人は何も言わずに抱き合い、体を触れ合い続けた。

タクシーに乗ると、淳一が住んでいる喜友名に向かった。車の中で、頼子は沈みがちであった。自分から言葉を口にするのではなく、淳一の質問に言葉少なに答えていた。

車の中で、淳一は、

「アパートは小さくて、むさくるしいんだ」

と言った。それは、控えめに言っているのではなく、本当にそうであった。

「どんなところでも、私は平気」

頼子はそう言ってくれた。

タクシーを降り、二人は中に入った。本当に小さな部屋で、六畳一間にベッドと卓袱台《ちゃぶだい》があるだけだった。

「お腹空いてない？」

と淳一が訊くと、

「飛行機で少し食べてきた」

と頼子は答えた。

それでも、卓袱台の上に置いてあるフライパンから焼飯を取り出し、二つの皿に盛り分けると、頼子も口をつけ、

「おいしい」

と言った。

食事が済み、淳一がお茶を入れた。頼子は目を閉じ、ひと口飲んでから、

「おいしい」

と言った。

その後もお茶を口にするが、頼子は黙ったままである。淳一は旅の疲れがあると思いながら、飛行場からここまで、寡黙な頼子の様子が気掛かりだった。

それを察したのか頼子が突然、

「私、あなたに悪いことをしてしまって」

と、俯《うつむ》いたまま言った。

良くないことを予見させる言葉を聞いても、淳一は驚かなかった。何かあったのだろうかと、ずっと思っていたが、自分のほうから切り出す勇気がなかった。頼子のほうから言い出すのを、じっと待っていた。

「何かあったの？」

淳一の短い問いかけに、頼子はすぐには答えなかった。深い呼吸をひとつすると、胸に秘めた苦しさを吐き出すように、ゆっくりと話し始めた。

前夫との裁判が終わり、アパートで日本へ行く準備をしていると、突然、彼が訪ねてきた。事務的な話をしたあと、別れしなにもう一度抱かせてくれと彼が言った。

もちろん断わったが、前夫がうなだれて、もう一度抱いて、これまでのことを忘れたいと言った。十六年にわたる結婚生活の間、この人とはいろんなことがあった。楽しい日々もあった。そう思うと、可哀想に感じ、抱かせてあげた。それで気持ちが収まったのか、ありがとうと礼を言って、立ち去っていった。

そのあとで、どうして体を許したか、苦しくてたまらなかった。あなたに対してすまないと思い、旅行中、ずっと苦しかった。

泣きながら、頼子は淳一にそう打ち明けた。

それを聞いた淳一は、頼子の手を握り、

「空港で君と再会した時、何かあったのかと感じていたが、原因はそのことだったんだね。最後に抱かせてあげたのは、君にやさしい気持ちがあったからだ。僕のために拒絶をしたら、かえって悔いが残ったと思う。一番大切なことは、裁判をしっかり頑張り、僕がいる沖縄に帰ってきてくれたことだ。だから、ありったけの力で君を大切にし、幸福にしてあげるよ」

それを聞いた頼子は、こらえていた胸の中の苦しさが、やさしい言葉で癒《いや》され、わっと泣き出した。淳一は頼子を抱き寄せ、

「僕たちは、二人力を合わせて頑張り、幸せになれる」

と力強く言った。

灯りを消して豆電球をつけた。二人はベッドに入り、布団を掛けた。二人はしばらく目を閉じ、相手の息遣いを聞いていた。

淳一は横を向き、右手を頼子の首の下に入れると、やさしく抱き寄せた。頼子の唇に自分のを重ねると、彼女の体をやさしく愛撫し始めた。頼子の息遣いが荒くなった。二人の気持ちは急速に高まり、ゴールへと突き進んでいった。

淳一のアパートはあまりにも狭すぎたので、同じ喜友名でもう少し広い家を捜し始めた。頼子がなるべく一軒家がいいと言うので、条件を絞り込んだ。

ようやく手頃な家が見つかった。その家は、敷地内に家主の母屋が建っていて、すぐ側にある。小さな一軒家だが、コンクリート造りであった。

家主は農業を営む中年の夫婦で、春には小学校に入学する娘がいた。名前は成子といった。その娘は淳一夫婦が自分たちの借家に入居したのを、とても喜んでくれた。

成子は家に来て、頼子から文字を習うことになった。ハワイに居た時、頼子は日本人の二世、三世の子どもたちに日本語を教えていたので、五十音を大きく書いた紙や、教材に使った用具類を持ってきていた。頼子はそれを使い、成子に読み書きの初歩を教えた。

家主夫婦は、娘が頼子から字を習ってくるので大喜びだった。畑から収穫した野菜がたくさんあるときは、頼子のところに持ってきてくれた。自分の母親に丁寧に感謝の言葉を述べる頼子の姿を、成子は嬉しそうに見ていた。

頼子が沖縄の生活にかなり慣れてきたところで、淳一は結婚式を挙げようと提案し、頼子も同意した。五月の初めの吉日に、那覇の郊外にあるホテルで挙式することにした。淳一はそのことを嶺井支店長に伝えた。

嶺井は淳一に、「親父さんの同意はもらっているのかね」と訊いてきた。淳一は、どうせ勘当の身なので、知らせる気もないし、知らせても同意はしないだろうと答えた。

淳一から結婚式の案内状をもらうと、嶺井は父親に会いに行った。父親は、出席しないとはっきり支店長に伝えた。しかし、わざわざ知らせに来てくれた支店長に、お礼の言葉を述べたという。

嶺井は淳一に、

「君のお父さんは、野武士のような風格のある人だ」

と父親の印象を述べた。

わざわざ結婚式のことを伝えに行ってくれた支店長に、淳一は心からお礼の言葉を述べた。頭が良く、人格者である上に、細やかな気配りのできる素晴らしい上司だ。淳一はそういう支店長の下で働く自分がじつに幸せであると思った。

待ちに待った結婚式

結婚式の日が来た。出席者は淳一の同僚だけで、淳一の家族は誰一人参加しなかった。なお、頼子のほうも、家族は二人の結婚に反対で、全員欠席だった。淳一のほうは予期していたことなので驚きはなかった。それだけに、同僚の気持ちを本当にありがたく思った。一番大切なのはこれからの結婚生活をどう頑張っていくかであり、それに対しては二人力を合わせてベストを尽くすと誓い合った。

当時の世界情勢は、まさに冷戦のまっただ中で、米ソの対立による緊張感が漲《みなぎ》っていた。アメリカは多くの国に軍隊を派遣し、現地に基地を作ったので、軍人は家族を引き連れて滞在し、任務に当たった。ここ沖縄は米国の統治下でたくさんの基地が至るところにあり、軍人らの家族が基地内で暮らしていた。沖縄の人びとは多かれ少なかれ、そうした空気を敏感に感じながら日々を暮らしていた。

こうした状況下、沖縄には主に軍人の子女が通学するDoDスクールと呼ばれる米国国防総省（United States Department of Defense）が支援する学校が設立されていた。

沖縄には久場崎《くばさき》ハイスクールというDoDの高校があったが、そこは軍人の子女の他に、民間のアメリカ人子女も通学していた。生徒は千六百人もいて、当時、世界で一番大きな高校とも言われていた。

アメリカの学校は九月からスタートするが、新年度から日本語の科目が新設されることになった。頼子はそのことを知ると、早速応募してみた。志願者は十人ほどいて、ほとんどが米国留学の経験者だった。

頼子は面接を受け、見事に採用された。ハワイには日本語学校があり、頼子はそこで長年教師をしていた。それだけではない、頼子はハワイの大学院で数学の修士号を取得しており、数学の授業を代行できる力も具備していたからだ。

高校の教科は、生徒がどの科目を選択するかによって開設されるかどうかが決まる。たとえ科目が新設されても、そこを選択する生徒がいなければ、廃止されてしまう。幸いなことに、頼子が受け持つ日本語の科目には、多くの希望者があった。

採用が本決まりになると、頼子はレッスンプランを丁寧に、しっかり作っていった。レッスンプランとは、何を生徒に教え、どのように授業を進めるか、といった指導計画書のことである。計画書はタイプを打って作成してもよいが、手書きでも問題なかった。頼子は手書きを選択したが、文字がとても奇麗で、校長のミセス・リーを唸《うな》らせた。

頼子は日本語の他にも数学の代行授業も受け持った。数学の教師が急病で教えられない時、頼子は代行として教鞭をとったのである。その際の日本語授業は、頼子の配下に米留帰りの女性補助教員がいたので、彼女が日本語を教えた。

朝、頼子が学校へ行くと、いきなり校長のミセス・リーから数学の代行を頼まれることがあった。頼子は慌てることなく、平気な顔ですんなり引き受け、しかも上手に教えるので、校長はとても喜んだ。

久場崎ハイスクールでは、すべての教師は校長から評価を受けて待遇が決まる。頼子は校長の信任が篤く、毎年最優秀の評価だったから、いつもトップの座を占めた。

この学校では年に一度、大きなパーティーが開催された。大きな会場に、教師と生徒はもちろん、保護者の多くが参加した。頼子の受け持つ日本語科生徒の保護者は、頼子のところに集まってくると、いかに我が子が日本語を楽しく学んでいるかを熱く語った。

それだけではない、代行で教えた数学科の生徒の親たちも、頼子の教え方がすばらしいと褒め称《たた》えた。頼子のところに、次から次へとたくさんの保護者が群がっていくので、校長のミセス・リーも近寄ってきて輪に加わり、頼子を我が子のように抱きしめ、みんなに自慢した。

そのパーティーには淳一も招待されていたが、頼子のモテモテぶりを間近に見て驚いた。親、弟妹からは絶縁状態にある頼子が今、遠い沖縄の地でたくさんの人たちから絶大な評価を受けている。頼子のモテぶりを彼女の親族にぜひ見せてあげたいものだと思った。

頼子は力いっぱい教えることに打ち込んだが、その甲斐あって、淳一がビックリするほどの高給を得ていた。アメリカの統治下にある沖縄では、流通している金はすべてドルだ。淳一が銀行からもらう給料は高々七十ドルであったが、アメリカの市民権を持っている頼子の給料は、なんと三百ドルを超えていた。それは、淳一の銀行の頭取よりも高額だった。夫婦二人の生活は、淳一の給料でどうにかやっていけるので、頼子の給料はすべて預金に回せた。

高給取りの頼子のおかげで、家計のほうは順調だった。そこで二人は自家用車を購入することにした。選んだのは日産のダットサンである。前から免許を持っていた淳一が、もっぱら運転を受け持った。頼子も免許を持っていたが、運転には神経を遣うし、体力もそう強くないからだ。

実入りの良い二人の生活は、傍目も羨《うらや》むほどであったが、淳一の心は満たされなかった。

他人《ひと》から見れば、妻のほうが稼《かせ》ぎ頭《がしら》で、亭主は甲斐性がないと映るだろう。収入の面でこれだけの格差があるのは仕方がないし、現在の自分の力ではどうすることもできない。淳一の心には侘《わび》しい思いが漂っていた。

テレビの司会者に採用

ある日、新聞の見出しに淳一の目がとまった。アナウンサーの新規募集があると出ていた。沖縄には二つの民放テレビ局があり、その一つがアナウンサーを募っていたのだ。記事を読むと、土曜日の午後七時から八時の間に、「土曜スタジオ」という番組が始まるという。番組の冒頭に、「今週の記者席」というコーナーがあって、それが十分。次に「今週の琉歌バラエティー」が二十分。最後が「郷土劇場」という、沖縄芝居の名優大宜見小太郎《おおぎみこたろう》主演の芝居が三十分放映されると紹介されていた。なお、新規に採用されたアナウンサーは、全体のプログラムの紹介もするが、メインの役割は「今週の琉歌バラエティー」の司会だという。

オーディションは三週間後の土曜日、午後三時からテレビ局で行なわれるので、希望者は奮って参加するようにと書かれていた。

オーディションの日が来た。銀行は毎週、土曜日は半ドン（半日勤務）だったが、淳一が残務処理をして、退行したのは十二時半であった。道路を隔てた向かい側に、那覇行きのバス停があるので、そこからバスに乗った。

支店の駐車場には自分の車を停めてあるが、淳一はそれを使わなかった。万が一事故を起こしたら、オーディションに参加できないからである。

那覇に着くと食堂を見つけ、食事をとってからテレビ局へ向かった。オーディションは三時からスタートするが、早目に行った。それでも百人以上が列を作って並んでいた。

これまで経験したことのないほど、きまりの悪い思いをしながら列に並んだ。開始時間の三時までに、淳一の後ろにも百人ほど並んだ。総勢で二百人は超えるだろう。

定刻にオーディションが始まり、少しずつ列が進んだ。そのうちに、順番待ちをしている知り合いのところに来て、オーディションの様子を話す者がいた。淳一のすぐ前に並んでいる中年の男性のところにも三人来て、立ち話を始めた。

話の内容から察すると、彼らはみな知り合いで、東京のテレビ局でアナウンサーをしているベテランの人たちみたいであった。

「今、ニュース番組のアナウンサーをしていますと言ったら、あなたでもいいですね、と言っていたよ」

「ニュース番組での苦労話を訊かれてね」

「オーディションに受かったら、二、三年沖縄に出向してくれ、と上司に言われてね」

淳一はそういう立ち話を耳にし、本土のプロのアナウンサーが大勢、オーディションを受けに来ていることを知って驚いた。どうしてこんなにたくさん来たのか考えているうちに、沖縄は本土への復帰前だから、本土のテレビ局が自社のアナウンサーを沖縄のテレビ局へ送り込めば、他のテレビ局を抑えて選ばれたことになり、箔がつくからだろうと推測した。

これはもう駄目だ、と淳一は思った。素人の自分では、本土のプロアナウンサーには到底太刀打ちできない。淳一はにわかに気分が落ち込んだが、それでも自分の番が来るのを辛抱強く待っていた。

ようやく淳一の番がやって来た。審査員は三人である。まず、職業を訊かれたので、銀行員だと答えると、銀行でどういうことをしているのかと言われた。ボーイスカウトの隊長をして、ジャンボリーで隊が銀賞をもらったこと、預金勧誘で最優秀賞を何回ももらい、表彰されたと答えた。

すると、どういうふうに勧誘したのか質問されたので、淳一は方言がうまいため、お年寄りと親しくなり、信頼関係を築いたあと、自分の銀行に預金をしてもらえるよう頼んだこと、その例として、普天間飛行場から軍用地料をたくさんもらっているお年寄りをどう勧誘したか、自分の体験談を話した。

全員のインタビューが終わり、すぐに結果発表があると告げられた。本土から来たプロには太刀打ちできないと思いながら、淳一は重苦しい気分で発表を待った。

信じられないことが起こった。なんと、採用されるのは淳一に決まったのである。帰りのバスに乗りながら、早く家に帰り頼子に伝えようと、逸《はや》る気持ちを抑えた。

頼子はご馳走を作って待っていた。祝宴のためではなく、たぶん落胆して帰ってくるだろうから、せめて美味しいものでも作って慰めてあげようと思っていたからだ。

淳一が頼子の顔を見るなり、大声で受かったと言うと、頼子は信じられないというような表情を浮かべた。淳一は早口で、二百人くらいオーディションに応募者が来ていたこと、その中に本土のプロのアナウンサーも何人かいたことを話すと、頼子は、

「あなたの良さを審査員はしっかり見てくださったのね。審査員の目もすばらしいわ」

と感激したように言った。

次の日は日曜日なので、月曜日の朝、淳一は支店長の嶺井にオーディションに合格したことを報告した。すると、初めは喜んでくれたが、支店長の顔が次第に曇っていった。そして、銀行には服務規定として、行員は他に仕事をしてはいけないという一項があることを告げた。

それでも、支店長は難関を突破してオーディションに合格した淳一をどうにかしてあげたいと思い、本店へ行って人事部の部長や役員と掛け合ってくれた。しかし、規定がある以上、認められないということであった。

支店長からそのことを聞き、淳一はテレビ局に事情を話したうえで、辞退を申し出た。残念なことだが、諦めるしかない。そう思っていたところへ、話が意外な方向へと進んでいった。テレビ局の社長が自ら、銀行の頭取のもとへ行って、どうにかお願いしたいと申し出たのであ

る。すると、臨時の役員会が開かれ、淳一がテレビの司会をすることは銀行の宣伝にもなると判断され、特別に了承という事態になったのである。そこで早速、淳一は午前中の仕事を終えると、急いで家に立ち寄り、頼子を車に乗せるとテレビ局へ向かった。

リハーサルが始まったが、台本はなく、セリフは口頭で伝えられた。淳一の主な仕事は、「今週の琉歌バラエティー」の司会である。ファンからの投票で琉歌の順位は決まるが、その発表をしたあと、一位になった琉歌を実際に歌手に歌ってもらうのである。

初めての週は、淳一が一人で司会をしていたが、二週目からはアシスタントの女性が加わった。二人でアドリブを交えたトークを入れるほうが活気が出るのではないか、局がそう判断したからである。

淳一に付き添ってきた頼子は、淳一の身なりに気を配った。どちらかというと、淳一は無頓着である。テレビに出演するからには、頼子が淳一の身なりに気を配る必要があった。

二週目の放送の時、臨時に追加のコマーシャルが入った。急なことだったので、番組のディレクターは、近くにいた頼子にコマーシャルガールとして出演してほしいと頼んだ。

頼子は快く引き受けた。頼子はいつもオシャレをしているので、ディレクターが目を付けたのだろう。頼子は勘が良いほうで、いろいろなポーズを頼まれても、本番でそのとおりにうまくやった。その次からは臨時のコマーシャルが多くなり、頼子のポーズも板に付いて、テレビ局のほうも喜んだ。

回を重ねるにつれ、視聴者からのファンレターが多くなった。ほとんどが淳一宛てであったが、中にはコマーシャルガールの頼子に宛てたものもあって、頼子は喜んだ。

テレビに出て気付いたことは、自分はテレビの画面に出ているが、画面に出ていない陰の人たちにいかに支えられているか、ということであった。特に、舞台装置に携わっている人たちの尽力が大きい。

テレビ局のスタジオはとても小さかったが、少しでも大きく見せようと、裏方はとても努力をしていた。季節の色合いを出そうと、細かく気を配っていた。少しでも味わいのある番組にしようという気遣いが感じられた。

その頃も、淳一夫婦と普天間の本家の間に交流はなかった。淳一への勘当は続いており、双方の歩み寄りはなかった。ところが、本家の一員である伯母の政子だけは、淳一の家をたびたび訪れていた。

政子は淳一の父元太郎の姉である。父は若い時、東京で教師をしながら大学に通った。政子は東京でおでん屋をしながら元太郎の面倒を見て、生活を支えた。

やがて父は母の聖子と結婚し、淳一が生まれた。戦争中、伯母は元太郎一家と熊本に疎開し、そこで終戦を迎えたが、元太郎一家と政子は東京へは帰らず、沖縄へ行った。以来、伯母は元太郎一家と同居を続けた。

政子は喜友名の淳一夫婦を訪れると、普天間の実家の様子を知らせてくれた。そして、普天間に帰ると、二人の様子をみなに伝えた。伯母はまさに、両家の情報の伝達者であった。

政子は、淳一がテレビに出るようになってから、実家はそれをどう見ているか淳一夫婦に語った。淳一がテレビに出る時刻になると、妹たちがテレビをつけ、チャンネルを合わせるという。そんな時、父は黙って画面へ視線を送り、見ることは見るが、何も言わないそうである。妹たちは感想を述べ合うが、それには加わらないと、政子が父の様子を教えてくれた。

淳一は父が、自分が出演するテレビを見ていることに驚いた。完全に無視はせず、一応は見るのだから、敵意はないのだろうと思い、ホッとした気持ちになった。息子の姿を見るということは、嫁が出演するコマーシャルも見ているのである。淳一は伯母の話を聞きながら、苦笑いをした。

妹の米留合格

淳一がテレビの仕事をしてから一年半くらい経ったある日、訪ねてきた伯母が、一番上の妹恵美子が米留試験に合格したと伝えた。

恵美子は沖縄の国立大学の英文科に通っていたが、その時は四年生であった。淳一とは六歳違う。淳一は大学を終え、沖縄に帰って銀行に勤め、毎年のように米留試験を受けたが、いつも不合格であった。その難関を、妹は在学中に突破して合格したのだ。

伯母から聞いたニュースに、淳一と頼子は激しいショックを受けた。めでたい話ではあるが、素直に喜べないのだ。これから淳一がいくら頑張っても、試験に受かるかどうかは分からない。

淳一以上にショックを受けたのは頼子のほうだ。勘当は続いていても、その状態で息子側のやるべきことは、夫婦で立派な家庭を築くことだ。その点、淳一は銀行とテレビの仕事を両立させ、頼子は教師として働き、高給をもらっている。誰が見ても、淳一夫婦は仕事を頑張っている。しかし、そこへ恵美子の米留合格という快挙がもたらされた。これによって、淳一夫婦と本家側とのバランスが崩れたのだ。

この衝撃的な話を聞く前に、二人はある問題を抱えていた。

淳一の上司である嶺井は半年前に、支店から本店勤務に変わっていた。たまに、臨店指導で普天間支店に来ることがあったが、ある日、駐車場で二人きりになったことがある。嶺井が突然、

「本店に来ないか。君にその気があれば、人事部にすぐ話をつけてあげる」

と淳一に言った。淳一は即答せず、考えてみますと言って、深々と頭を下げた。

嶺井は銀行きっての切れ者で、頭取に向かって出世街道を突っ走っている。同時に、自分の人脈作りもやっていて、淳一も傘下に入らないか、と誘われたのである。

嶺井から聞いた話を、家に帰ってから頼子に伝えた。頼子はその話に興味を持った。頼子は嶺井がとても優秀であることは知っており、その傘下に入ることは淳一のためになると考えた。

一方、頼子は淳一に英語力がないのは分かっているので、米留試験に合格するのは難しいと

思っていた。それが駄目なら、別の生き方を考えないといけない。その一つは、嶺井の傘下に入ることだ。淳一に向かって、そうしたらいいと口には出さないが、頼子は頭の中でそんなことも考えていた。

そこへ、妹の米留合格の話が入ってきた。伯母が帰り、二人きりになった時、頼子は、

「恵美子さん、たいしたものね。あなたはどうするの？」

と淳一に訊いた。

「もう、アメリカには行く気がない？」

「行きたいけど、行けないよ」

頼子は、淳一の本心が聞きたかった。それと同時に、米留が駄目ならどういう生き方があるか、それも検討したかった。米留の夢をきっぱり諦め、銀行の出世街道をまっしぐらに進む嶺井の傘下に入り、銀行で頑張る。テレビの司会者として人気も出てきているので、その仕事も頑張れば、東京の大手テレビ局との繋がりから、さらに良い方向へと道が拓《ひら》けるかもしれない。

二人は、淳一の将来について、いろいろ話し合った。その結果、淳一の心の底には、アメリカで勉強したいという願望があるのが分かった。淳一の第一志望がアメリカ行きだと分かると、頼子はその線で動いてみると淳一に言った。

頼子が勤める久場崎ハイスクールには、何人かの進学アドバイザーがいた。その人たちは教科を教えないで、生徒の進学指導に専念していた。

その中の一人に、ミセス・ラナガンという五十過ぎの女性がいた。頼子とは、自分が教えている生徒の進学についてよく話し合っている昵懇《じっこん》の間柄だ。彼女に、夫がアメリカ留学を希望していると伝えると、喜んで相談に乗ってくれた。

今は十一月だから、来年の九月の新学期に入学したい、と頼子が具体的な希望を伝えると、その意向に沿ってミセス・ラナガンは動いてくれた。そして、ワシントンDCにある大学院への入学手続きを始めてくれた。

ミセス・ラナガンの手慣れた行動のおかげで、淳一は翌年の五月、大学からディグリーステューデント（学位を目指す学生）の資格をもらい、正式に入学を許可された。当時、日本からアメリカへ留学をする学生は、行き当たりばったりな方法しか分からず、最初はノンディグリーの学生がほとんどだった。そのため、一応大学に入り、語学教育を受けて合格し、初めてディグリーステューデントに変わることができた。

淳一は六月に銀行を辞めた。テレビ局にもアメリカ留学のため辞めたいと伝えた。テレビ局は、番組の人気が出てきたので、できたら続けてほしいと引き止めた。今の番組が終わったら、東京のテレビ局への道が拓けると説得されたが、淳一はそれも辞退した。

淳一を妹の恵美子よりも先にアメリカに行かせる、という頼子の負けん気が事態を大きく動かしたのは明らかだった。七月初旬、淳一と頼子は恵美子よりも先にアメリカに向かい、沖縄を旅立っていった。

Ⅱ　念願の渡米生活

決死の空手演舞

アメリカ本土へ行く前に、ハワイに立ち寄った。頼子には、かつて世話になった人たちに会い、お礼を言いたいという思いがあった。頼子の生き生きとした様子を見ると、みんなが喜んでくれた。しかも、淳一がハワイは初めてだと分かると、手分けして島を案内してくれた。

サンフランシスコを経由し、ワシントンDCへと向かった。飛行機といえども、大陸を横断するには六時間もかかる。東京・沖縄間は、洋上飛行も入れて三時間であるから、その倍の長さである。今さらながら、二人はアメリカの大きさを実感した。

飛行機がダラス空港に着くと、タクシーでワシントンDCのホテルに向かった。予約したホテルはホワイトハウスの近くにあった。

チェックインを済ませ、荷物を部屋に入れてから街に出た。ホテルの近くに小さな、森みたいに木々が茂っている場所があった。そこを突っ切って進むと、ホワイトハウスが見えるという。木々の葉の間から白い建物の一部が見えてくると、二人の心は高ぶった。いつもテレビのニュースで見ているので、建物がどんな形をしているかは知っている。それをこの目で見ることができる。淳一と頼子の足取りは、だんだんと速くなっていった。

眼前にそれを目にした時、淳一の感動は一瞬だが、冷めたように感じた。頼子に、

「思ったより小さいね」

と言うと、頼子も、

「そうね、案外小さいわね」

と頷《うなず》いた。

しかし、そんな批判はちっぽけな呟《つぶや》きで、実際は小さくとも、世界を動かす象徴としての存在は巨大だ。その建物は今、目の前にある。頼子はカメラを持っている淳一に、

「二人並んで撮ってもらいましょうよ」

と言って、近くにいた人に頼んだ。


大学の授業は九月に入ってからスタートするが、オリエンテーションは八月の終わりにある。それまで二十日以上あるが、どう過ごすか二人で考えた。

ホテル代は高いので、短期滞在で安いところはないかと、買い物をした時に店主に訊ねたら、

近くにそういうところがあると教わった。そこで、荷物をまとめると、そこへ移った。

アメリカに来る前、沖縄で愛用していたダットサンを売り、フォード社のマーベリックという車を購入していた。渡米後に、ワシントンDCのフォードの販売店で受け取ることができる。

ところが、沖縄の運転免許証はアメリカでは使えなかった。沖縄はアメリカの統治下にあり、車のハンドルは左側だ。アメリカと同じなのに、駄目だと言われた。そこで、試験を受け直さなければならなかった。

でも、実技試験のほうは免除された。あとは学科試験に合格すればよかった。淳一は、試験が行なわれる場所へ行って合格の手引書をもらい、二、三日勉強した。

淳一が沖縄で受けた学科試験は用紙に鉛筆で記入するものだったが、アメリカではテレビの画面を見て、三つの選択肢から一つを選び、ボタンを押すという方法であった。こんな方法だとは知らずに、ビックリした。

そして、淳一は初めの試験で不合格になった。問題が次々と出てくるスピードに付いていけなかったのだ。もう一度勉強をやり直し、次の試験に臨んだ。二回目には合格した。ようやくアメリカの免許証を手にしたので、夫婦で祝杯を挙げた。

運転免許証を手にしたので、二人はワシントンDCのフォードの販売店に行った。代金は支払い済みなので、受け取りを証明する書類を持参した。

支店長は中年の白人男性で、書類を見せると、一人の黒人男性を呼び、車を捜させた。しばらくして、男が戻ってくると、そういう車は見当たらないと言った。

そんなことはない、ここで受け取れると書類に書いてある、と頼子が支店長に言うと、今度は別の白人男性を呼んで、二人で捜させた。二人が戻ってきて、二人ともそういう車は見当たらないと言った。

外には相当の数の車が置いてある。何百という数である。一台ずつ丁寧に調べるには、かなりの時間がかかる。それにしては、二人の従業員が見終わって戻ってきたのは、あまりにも早い。真夏の炎天下だから、きっといい加減な見方をしているのだろう。

そう判断した淳一は、白人の支店長がデンと構えている大きな机のところに行き、拳《こぶし》を真上に上げ、机の真ん中辺りを力強く叩いた。

びっくりした支店長に向かって、淳一は、

「二人とも、一台ずつしっかり見て回っていない。この書類には、沖縄で購入したマーベリックがこの店でもらえると、ちゃんと書いてサインがしてある。なかった場合、あなた方の誰かと私はここで、空手とボクシングの試合をする羽目になる。私は空手の有段者だ。ここはアメリカだから、誰かボクシングができる者がいるだろう。支店長、あなたもここに座っていないで、外に行って調べてほしい」

と、日本語でしゃべった。

支店長は何を言っているのか分からないので、頼子に通訳をしてくれと頼んだ。頼子もビックリした。淳一が空手を習っているとは聞いていないし、たとえ空手ができるとしても、屈強なアメリカ人と格闘すれば打ちのめされると思ったからだ。

「向こうが試合をすると言ったら、あなたは立ち向かえるの？」

と頼子が訊くので、淳一は、

「やれる」

ときっぱり言った。それで、頼子は支店長に通訳し始めた。

そこへ、展示してある車を見に来た客も集まり、なりゆきを見守った。頼子が支店長に通訳している内容に耳を傾けている。

何を思ったのか、淳一は突然ワイシャツを脱ぎ、ランニングシャツ一枚の姿となった。そこでおもむろに、空手の「型」をみんなの前で披露した。最後に左手を前に突き出し、右手の拳を腰のところに置くと、「エイッ」という大声を発し、右手の拳を眼前に突き出した。

店内のお客は口々に、

「ワンダフル」

と叫びながら、拍手を送った。支店長は従業員たちを引き連れ、

「今度はしっかり見てくる」

と言って、外に出た。

二十分くらい経ってから、支店長と従業員たちが帰って来た。支店長はニコニコ顔をし、

「車はあったよ。店の前に駐めてある」

と言った。

手続きを終え、やっとのことで手に入れた車に乗り、二人はそこを出た。新車で、しかも、アメリカで初めてハンドルを握る。淳一はこわごわと運転しながらも、気分は上々であった。

頼子もやれやれという気持ちで助手席に乗っていたが、先ほどの茶番劇を思い出し、

「向こうの誰かと格闘するはめに陥ったら、あなたは闘えたの？」

と淳一に訊いた。

「いざとなったら、それはできる。こっちは空手は素人だが、ボクシングとは闘える。足を使っての蹴りがある。だから、空手の〝型〟のデモンストレーションの時、足蹴りをいくつも入れたんだ。相手を怖がらせるためにね」

と淳一は得意気に語った。

淳一はハンドルを握りながら、沖縄の歴史のエピソードを語り始めた。

「ボクシングと空手の闘いね、昔実際にあったんだ。当時大阪にいた本部猿《もとぶざる》（本部朝基《ちょうき》）が京都に行った時、柔道対ボクシングの興行試合に飛び入りで参戦し、ボクシングと空手の試合をすることになった。相手は長身の外国人重量級ボクサーだった。

見物人がたくさんいる中で、試合は始まった。はじめは打ち合いになったが、本部猿は頃合いを見て、相手の足を強く蹴った。すると、相手は痛さの余りしゃがみ込んだ。そこで勝負あ

りだ。アメリカ人は足が弱く、空手の足蹴りは強烈なパンチなんだ。うちの曾祖父は空手の達人で、本部猿と同時代の人だった。本部猿は背が低い人だが、曾祖父は背丈も高く、頑丈な体をしていたそうだ。

本部猿との闘いが本当にあったかどうかは分からないが、そういう曾祖父の存在は、さっきの店での向こうみずの言動になったと思う」

淳一の話に頼子は何も言わなかったが、大した度胸だと思った。淳一は英語が下手で、アメリカでの勉強がどうなるかは分からないが、二人力を合わせ、人生をどうにか乗り越えていけると思った。

バージニア州への転居

車は手に入ったが、これからどうするかが問題であった。大学のオリエンテーションは八月の終わりにあるが、それまであと十日もある。二人で相談した結果、まずはアパート捜しということになった。

いろんな人から情報を得て、ワシントンDC、その郊外のメリーランド州、バージニア州のうち、相対的に家賃が高いのはワシントンDC、一番安いのはバージニア州だと分かった。

バージニア州側となると、橋を越えなければならない。一番近い地区はアーリントンだが、その他にもビエナ、アレキサンドリアといろいろな地区がある。

食料品を売っているスーパーには、空いているアパートを掲載した無料の雑誌がある。それを見て、バージニア州側の空いているアパートを見て回った。

ここにしようと二人で決めたのは、アレキサンドリア地区にあるアパートだった。レンガ造りのビルの二階にあった。そこからは食料品のスーパー、郵便局、CVSの薬局が近くにあり、淳一が通う大学までそう遠くなかった。

今住んでいる仮住まいから、このアパートに引っ越しをした。ベッドや冷蔵庫を運び、台所で料理に必要な庖丁やフライパン、電気釜、トースターなどは新たに購入した。

ここを拠点として生活できそうだと分かってから、ワシントンDCで名所巡りをした。ホワイトハウスは見たが、それ以外はまだなので、行きたい場所はたくさんあった。

キャピトル（国会議事堂）、国立美術館、スミソニアン博物館、リンカーン記念館、トーマス・ジェファーソン記念館、アーリントン墓地と次々に見て回った。

それがひととおり済むと、大学へ向かった。八月の終わりにオリエンテーションが始まるので、これから淳一が学ぶ大学を見ておく必要があった。そこは、ワシントンDCを南北に走るマサチューセッツ通りを北に向かったところにある。

マサチューセッツ通りには、各国の大使館がずらりと並ぶ。日本大使館、イギリス大使館、アメリカの副大統領の公邸を過ぎ、さらに北上して丘を目指すと、道の左右に大きな樫の並木通りがあり、交差点に突き当たる。その一角に、淳一がこれから通う大学があった。駐車場に車を停め、淳一と頼子は構内を散策した。真ん中に楕円形の芝生の広場があり、それを囲むようにして校舎が建っていた。あちこちの校舎の側には、大きな樫の木が立っていた。

頼子が構内を歩く学生に事務所はどこかを訊き、二人はそこへ向かった。淳一は持参した大学院への入学許可書を見せ、誰に会えばいいのか訊ねた。

待合室に案内され、ソファーに座って待っていると、中年の女性が現れ、彼女の個室に通された。大学のアドバイザーの一人で、ミセス・ミラーと名乗った。大学の大まかな説明をし、何か質問はないかと言った。頼子がいくつか質問すると、丁寧に答えてくれた。

次の日から始まる授業の登録について訊ねた。ミセス・ミラーは、九月からスタートし、十二月で終わる初めの学期は、英語の授業と専門科目を一つに絞り、ゆとりを持ってスタートしたほうがよいとアドバイスをくれた。

彼女が英語の授業を勧めたのは、淳一の語学力では大学院の勉強が大変で、ついていけるかどうか不安を感じたからだ。頼子の英語は申し分ないが、淳一の英語を聞き、前途多難なことを予想したのだろう。

専攻科目の一つをどれにするかについては、淳一の教科のアドバイザーであるブレイク教授に会い、アドバイスをもらうように言われた。そこで、二人はその足でブレイク教授のオフィスを訪ねた。行ってみると、一人の学生が教授と話し合いをしていた。それが済むと、教授は二人を招じ入れた。

ブレイク教授は、見るからに温厚そうな白髪《はくはつ》の紳士だった。淳一の専攻は国際関係論だが、大学で専攻していたのは法律で、国際政治の科目を履修していない。そのことを説明すると、初めの学期は国際関係論の基礎的な講義を受けたほうがいいと、ある一つの科目を勧めてくれた。教授は淳一に向かって、自分はあなたのアドバイザーだから、相談したいことがあったらいつでもこのオフィスに来てほしいと、面談が可能な日時を教えてくれた。

翌日から受講する科目の登録をするため、二人は大学に戻り、それを済ませた。淳一は英語の授業も受けることになったので、語学演習室がどこにあるか確かめに行った。

部屋いっぱいにラボ用のブースがある。受講者はブースに入って座り、受話器を耳に当て練習するのであるが、初めてなので、使い方を係の人に教えてもらった。


いよいよ九月に入った。九月の第一月曜日は、連邦政府の祝日の一つ、レイバーデー（労働祭）なので、次の日から授業が始まった。英語の授業は毎日午前中にあった。それが終わると、カフェテリアで食事をとり、そのあとで語学演習室へ行く。そこで二時間ほどブースに座り、英語の練習をした。

英語の授業は、二十人くらいの受講生がいたが、ほとんどが外国人だった。日本人は淳一の他に二人いた。それと、韓国人でムンという男の学生がいたが、彼が一番英語が上手だった。

専門科目の授業は、火曜日の夜にあった。受講生は二十人くらいで、三分の一は外国人だった。教科書はかなり分厚い本で、いろいろな理論が載っている。内容について教授が大まかな説明をしたあと、学生同士で活発な討論が行なわれた。

分厚い教科書の他に、教授が推薦する本が二冊あった。そちらの講義を聞いたあと、同じように学生間の討論が行なわれた。授業が終わると、次の週は何について学習するから、どの本のどことどこを読んでくるようにとの指示があった。

淳一は宿題をする時、辞書を引きながら問題を読んだ。一週に一度の授業ではあるが、淳一の英語力ではついていけなかった。予習で読み終えてないところは、頼子が助け舟を出し、教えてくれた。

英語の授業を受けている三人の日本人の中で、専門科目を取っているのは淳一だけだった。あとの二人はノンディグリーの学生なので、受けていない。

クラスで一番英語がうまいムンは、十二月に入ると、授業に来なくなった。その後も大学で見かけることがなかったので、何かの事情で退学したのかもしれない。

相変わらず淳一と実家との交流は途絶えたままだったが、頼子のほうは結婚後は縒《よ》りが戻り、大阪の実家と交流が続いていた。頼子が送ってほしいものを頼むと、小包が送られてきた。主に和菓子だった。

頼子はそれを自分たちで食べようとはしないで、淳一が大学で世話になっている教授たちを訪ね、差し入れをした。アメリカの学生はそのようなことはしない。それで教授たちは、頼子の心配りを喜んで受け取ってくれた。

専門科目では筆記試験は行なわれず、レポートの提出があるだけだった。頼子の手助けによって、淳一はすべて提出し、合格点をもらったが、それは頼子の内助の功があったからだ。英語の手助けもそうだが、実家からの和菓子のプレゼントが功を奏したのであろう。

日本大使館に採用

十二月に入り、街は華やいだ活気に包まれていた。あと一週間でクリスマスという日曜日、頼子は淳一に、「明日の朝、私、日本大使館に行ってみるね」と言い、「大使館で仕事があるのかどうか分からないけど、履歴書を書いたので、持って行くつもり」と付け加えた。

アメリカに来て、頼子はずっと淳一の学業を支援していた。だが、一学期は無事に終わりそうだし、来学期は専攻科目が一つ増え、二科目になるとしても、淳一はアメリカでの勉強がどういうものか分かったはずだ。本人がこの調子で頑張れば、きっと乗り越えられるだろう。履歴書を出しても、すぐに仕事があるとは限らない。それでも一応出しておけば、いつかは仕事につながる可能性はある。それまではこれまで同様、淳一の世話を続けよう。頼子はそう考えた。

淳一は、このような頼子の柔軟でゆったりした態度が好きであった。彼女の才能と誰からも好かれる明るい性格なら、いつか大使館という素敵な場所で働くことも夢ではない。もしそうなったら、格好良いなと思った。

次の日、淳一は頼子を大使館の前で降ろし、いつものように大学に向かった。英語の授業を受け、ラボに寄り、夕方家に帰った。頼子はバスに乗って帰宅していた。

持ち帰った勉強道具を片付けてから、夕食の仕度をしている頼子のところに行き、

「大使館はどうだった？」

と淳一が訊ねた。

「うまくいったわ」

頼子の声は明るかった。

「どんなふうにうまくいったの？」

淳一は頼子の声が弾んでいるので、何か良いことがあったのかもしれないと、嬉しい気分になったが、本当にうまくいったのか、どうしても知りたくなった。

「履歴書を持ってきたのだけど、人事課へはどう行けばいいのか、受付で訊いたの。そうしたら、大使館には人事課という部署はない、人事関係は会計班というところで扱っているから、二階に行くように言われたの。

女の人に履歴書と久場崎ハイスクールの校長先生から戴いた推薦状を渡すと、彼女が取り次

いでくれて、すぐに応接室に通されて偉い人と話したの。履歴書と推薦状に目を通すと、来年の一月に受付に空きができるが、その仕事はいかがですかと訊かれたのよ。喜んでお受けしますと即答したわ。とても嬉しかった。空きが出るまで相当待つと思っていたのに、すぐに見つかったのはとてもラッキーよね」

淳一もそれを聞いて嬉しかったが、一つ気になることがあった。頼子の年齢である。履歴書に実年齢を正しく書いたのだろうか。

「年齢は正直に書いたの？」と訊くと、「十歳若く書いておいた」とあっさりと答え、何の心配もしていないように見えた。

「大丈夫かな？　サバを読んで、バレたらまずいんじゃないの」

淳一は気になって、頼子の顔を見た。

「履歴書を書く時、どうしようか考えたわ。四十を越えていると、本当の歳を書いたら、大使館だって迷うでしょ。実際に面接してもらえれば、十歳くらいは若く見えるし、そう書いたほうがすんなりといくと思ったの」

頼子の説明に、淳一は簡単には納得できなかったが、大使館という厳正な職場環境のもとでは、状況に応じて柔軟な考え方で仕事をこなすのも大切なことだ。頼子がそれで押し通すのなら、その線でこちらも応援しようと、気を取り直した。

年が明け、日本流に言う「三が日」が過ぎた。大使館のほうも仕事が始まり、頼子の受付の仕事がスタートした。淳一は専攻科目を二つ取ったが、それらは火曜日と木曜日が授業の日であった。なお、大学院の授業はすべて夜間に行なわれるので、淳一は昼間の時間を英語力強化に充《あ》てることにした。毎朝頼子を大使館で降ろすと、淳一はそのまま大学へ向かい、二時間ほど語学演習室で勉強した。淳一の夜間授業がある日は、頼子はバスを利用して帰宅した。

受付の心得

頼子は現地採用のローカル職員なので、出勤は九時である。一方、外務省から派遣された本官は、十時前後にバラバラで出勤する。そんな時、頼子は自分の前を通り過ぎる大使館員全員に笑顔を浮かべ、心をこめて挨拶をした。中には頼子が挨拶してもそっぽを向く者もいたが、そういう人にも、分け隔てなく挨拶をした。

頼子の前を通る人は本官だけでなく、彼らの夫人もいる。大使館の裏には茶室があり、週一回、外交官の奥様方は茶道の手習いに来た。

大方の人は頼子の挨拶に応えてくれるが、中には無視する人もいた。それでも頼子は、気位の高い外交官夫人に対して丁寧に挨拶するので、奥様方から次第に良い評価を得るようになった。

大使館に来た人は、まず受付に来て用件を告げる。館内の誰それとアポイントがあると告げると、受付が秘書にその旨を伝え、秘書が来訪者を迎えに来る。

受付と内部との連絡は電話である。大使館の内線は百以上もあるので、最初、頼子は番号表を見て電話をかけていたが、どうしても時間がかかり、訪問者を待たせてしまう。そこで頼子は、短期間のうちに番号のすべてを覚えてしまった。この結果、流れが迅速になり、手際良く連絡がつくようになった。これで益々、大使館の内外から良い評価を受けていった。

受付で大切なことはこれだけではない。肝腎なことは、人の顔と名前をしっかり覚えることだ。外交官夫人というのは、人一倍プライドが高い。受付で一度名前を告げたら、聞いた人はしっかり自分の名前を覚えておくべきだ、と考える。例えば、「私、石野ですが、主人を呼んで」と初めは名前を名乗るので、そのとおりに伝えればいいのだが、次にはそうはいかない。受付のところに来ると、「主人を呼んで」と言うだけである。頼子は当初、顔は覚えているので、外交官夫人と分かるが、名前までは完全に覚えていない。

そこで、「失礼ですが、どなた様でいらっしゃいますか?」と訊ねると、相手は自分の名前を覚えていないのに気付いて、「石野ですよ」とぞんざいに答える。いかにも悔しさでいっぱいの様子だ。

頼子もしまったと思うが、後の祭りである。やがてご主人が迎えに来て、中に入っていくが、「あの受付は駄目ね。名前を忘れるなんて」

こんな悪口を、外交官であるご主人に告げ口されてしまう。中にはそれだけでは収まらず、仲の良い夫人仲間に、あの女は受付失格よ、などと言いふらされてしまう。

勤務当初、頼子はこういう失敗をしばしば経験した。そこで、この仕事を続ける限り、一度でも会ったら、その人の顔と名前はしっかり覚えようと意識を高め、必死になって努力した。その心構えにより、次第に成果をあげていった。

アメリカに来ている日本の企業は全米各地にあり、何かにつけ大使館に世話になる。相談事や依頼したいことが起きると、しかるべき部署とアポイントを取り、大使や高官と面談する。しかしそのような時、企業側の態度はあくまでも低姿勢である。

その点、報道関係者は違う。いったん事が起きれば、時間に関係なく、たいそうな剣幕で大使館の扉を叩く。そういう強気なところがあるので、差し障《さわ》りがないよう、大使館のほうが低姿勢になる。

力関係では自分たちに分《ぶ》がある、と自信を持つ彼らは、「山下書記官に会いたいのだが」と、高姿勢で頼子に用件を告げる。それが二度目の訪問であっても、「山田様が山下書記官にお会いになりたいそうです」と、名前も顔もよく知っているかのように、円滑に進めなくてはいけない。ワシントンには、新聞社や通信社、テレビ局とたくさんの報道機関が駐在しているので、頼子は各社、各局の記者の名前と顔を必死で覚えた。

週に一度、必ず大使の記者会見が行なわれる。大使館に記者たちが来ると、受付の頼子が彼らの顔を見て身分の確認をし、そのあとで警備員が腕章を手渡す。頼子は一度でも大使館に来た報道陣の顔と名前を記憶しているので、入って来た人に、「こんにちは」と声かけをし、その人も「こんにちは」と挨拶を返す。それだけで、身分確認はできているので、頼子が素通りさせたら、警備員は腕章を手渡すだけだ。ワシントンに赴任して初めて記者会見に来た人には名刺を求め、「ありがとうございます。よろしくお願いします」と言い、頭を下げる。

頼子が受付になってからは、記者会見の時の腕章渡しが短時間で円滑に行なわれるようになり、警備や報道関係者の間で好評だった。

ダイヤモンドの効力

頼子が日本大使館に勤めて、十か月くらい経った頃だった。夕食が済み、ひと息入れていると、頼子が淳一にこう切り出した。

「ねえ、すごくいいダイヤがあるそうだけど、見に行かない？」

「行ってもいいけど、いくらぐらいのものなの？」

「五千ドルから六千ドルの間らしいわ」

淳一は唖然とし、何も言えなかった。頼子が大使館でもらう給料は一か月四百ドルにも満たない。それに引き替え、ダイヤのほうは十五倍くらいの値段である。

「そんな高価なものを、買えるだけのお金はあるの?」

「それはあるわ。問題はお金の心配ではなく、そのダイヤが本物かどうか、そして、それだけの価値があるかなのよ」

沖縄で二人は結婚したが、淳一はまだ頼子に結婚指輪をあげていない。結婚式はどうにか挙げたが、指輪を買う余裕はなかった。その後、頼子が久場崎ハイスクールに教師として勤めるようになり、高い給料をもらうようになった。頼子はアメリカの市民権を持っているので、アメリカ人としての給料を得られたからだ。そこで二人は、淳一の給料で生活し、頼子の給料はぜんぶ貯金に回した。だから、二人がアメリカに来た時、ある程度のお金は持ってきていた。

日本大使館には、外務省から来ている外交官の他に、日本の各省庁から出向してきている上級公務員がいた。その中に、江口という労働省から来ている人がいた。彼は宝石類に凝っていて、受付に来ては頼子に宝石の話をしていた。

「あなたの指に、結婚指輪がないね」

江口は、頼子の指を見てそう言った。

「ええ、主人がアメリカに留学する予定だったので、こっちに来てから買おうと思ったんです」

その話を聞いた江口は、

「ジョージタウンにとても良い宝石商があってね。僕はそこで、ちょくちょく宝石を買っている。今、その宝石店にすごく良いダイヤがある。欲しくてたまらないが、僕には手が出ないんだ」

頼子は江口からダイヤの値段を聞いた。そして、自分はローカル職員、江口は日本国家の上級公務員。でも、日本のエリート公務員の手が出ないダイヤモンドを、自分には買える力があると考えた。

金があったら買いたいと、江口は受付に来て何度も本気でぼやくので、頼子はそのダイヤに興味を持った。それで、淳一を促して、その宝石店に行くことになった。

休みの日に、二人はジョージタウンにある宝石店に行った。いろいろ宝石を見せてもらった。目当ての宝石は格段に美しかった。大きさは二・八カラットだった。値段は五千五百ドルである。

「どうしよう」

頼子は淳一に意見を求めた。

「気に入ったの?」

と訊く淳一に、

「見た目はいいわ。とても奇麗よ。でも、それだけの価値があるかどうか、私たちには分からないわ」

と、頼子が言うので、淳一は、

「江口さんを信じて買うか、それとも鑑定書を付けてもらうかだけど、それをやってくれるか訊いてみたら」

淳一の意見はもっともだと思い、頼子は宝石商に確認した。宝石商は了承し、一週間後にまた訪れた。

鑑定書は出来上がっていて、ダイヤモンドの評価額は五千五百ドルだった。

「この前のお値段と同じですね」

と頼子が言うと、

「二か月前にもこのダイヤに興味を持った人がいて、鑑定書を見たいとおっしゃるので、取り寄せたら、この値段でした。その方はお買いになられませんでした。当分はこの値段だと思います」

と宝石商は言い、二か月前の鑑定書も見せてくれた。

鑑定をした人は、ワシントンで鑑定人として一番評価の高い人だという。頼子はダイヤモンドが鑑定書付きになったので満足し、そのダイヤを購入した。

帰る車の中で、頼子は何度も指輪を眺め、「良い買物をしたわ。以前から結婚指輪は欲しかったし、やっと手に入ったわ。あなたからのプレゼントね。豪華なプレゼントだわ。一生大切にするね」と言いながら、いろいろ角度を変えて飽きずに眺めた。

宝石好きの江口は頼子に、ダイヤを買ったら持ってきて見せてほしいと言っていた。そこで、買った翌日、頼子はいつもよりドレスアップして出勤した。江口が受付に来た時、ダイヤを見せた。宝石店の店主は、頼子の指のサイズにリングを調整していた。

「あの店で見た時より、よっぽどいい。あなたが指に嵌《は》めてここに座っていると、光り輝いているよ。服にもよく似合っている。あなたにピッタリのダイヤだ」

江口は上機嫌であった。自分は買えなかったが、自分が口利きをした女性がダイヤを手にしている。推奨した甲斐があった。自分はすごいことを成し遂げたんだ、という喜びに溢れていた。

江口は大使館の経済班に所属していた。労働省から出向してきた上級公務員は、経済班に入れられていたので、彼の事務所は二階にあった。江口が同僚に頼子のダイヤのことを話したので、それを聞いた同僚たちは、受付の前を通る時、頼子が一人でいると、ダイヤを見せてほしいとねだった。

同じ上級公務員の政治班は一階にあったが、情文班のほうは別館にある。ダイヤのことは次々に館内に伝わっていき、とうとう別館のほうにまで広まった。その日、頼子はいろんな人にダイヤを見せ、褒め言葉をいっぱいもらった。

頼子のダイヤは、大使館の奥様方にも伝わっていった。彼女たちの態度が少しずつ変わっていくのが分かった。受付の前を通る時、前みたいなぎこちない威張り方をしなくなった。丁寧な挨拶をするようになり、頼子も気持ちをこめて挨拶を返した。

バブル景気が弾ける前、ワシントンではパーティーが盛んであった。公式のパーティーの他に、私的なパーティーも盛んに行なわれた。

大使館ではいくつかの班に分かれていたが、チーフである外交官は、しばしば自宅でパーティーを催した。自分の部下はもとより、外務省から来ている他班の館員夫妻も招待する。

受付は会計班に所属しているが、ローカル採用であるにもかかわらず、頼子は他の班のパーティーにもよく招待を受けた。それだけ、チーフらの信頼が篤かった証拠だ。

ひと頃、頼子のダイヤは人びとの噂の的となったが、時が経つにつれて落ち着いてきた。パーティーに出席するとき、頼子は臆することなくいつもダイヤを嵌めていったが、人びとはもはやそれを平気で受け止めた。

ある日のパーティーでのこと。四、五人が輪になって話していると、一人の夫人が頼子のダイヤに目を向け、

「素敵なダイヤだこと、すばらしいわ。ちょっと見せていただけます。ほとんどパーフェクトですってね」

と言うので、見せてあげると、みんなも揃って目を向けるという具合になった。

「ほとんどパーフェクト」。これは江口の口から出て、人びとの間に広まったものである。実際、頼子のダイヤは無傷に近い。大きい上にほぼ無傷、というのがこのダイヤの本領なのだ。

何なら鑑定書だって見せてあげてもいい。

ほとんどのパーティーには、淳一も一緒に招待された。淳一はアメリカに勉強に来て、妻の頼子がそれを支えている。そういう夫婦であることがみんなに知られていた。

パーティーの会場で二人が立っていると、心ある人は近寄ってきて話しかけてくれる。そこへ、他の人も加わってくる。いつの間にか人の輪ができ、退屈することなどない。頼子と淳一はローカルのカップルであるのに、よそ者としてはじつに恵まれた扱いを受けた。

修論の執筆

大使館には情文班というセクションがあった。これは情報文化班の略称であるが、そこのチーフに岡田豊彦という人物がいた。文筆をよくし、外交関係の本を数多く出版していた。当時、外務省きっての論客である。

ある時、日本から森友作という劇作家が来た。演劇に限らず、いろいろな分野のことを熟知しており、何かの取材目的があってワシントンに来たのだという。岡田は早速、森を自宅に招き、討論会を催した。外交官、大使館の各部署の上級公務員、新聞記者などが招かれた。頼子と淳一もそこへ招かれた。ローカル採用のうち、招待されたのは二人だけであった。他班のチーフである岡田からも、頼子がいかに信頼されていたのか、これで分かる。

出席者は、それぞれ政治、経済といった、さまざまな分野に精通した人びとばかりである。討論が始まると、次から次へと岡田に鋭い質問が発せられた。その中で、淳一の胸に強烈に残ったのは、検察庁から出向して大使館に勤めている堀川の質問である。

「首相がどこかの外国と条約を結んだと仮定する。もしもそれが、国内法に抵触した時、国際法、国内法どちらが優先されるだろうか」

森は即答せず、ゆっくりと考えながら、さまざまな角度から検討を行なっているように見えた。森は一般的な説明から入っていった。他国と締結された条約は、国内に持ち帰り、立法府で検討される。批准すると条約は成立する。だが、それは末永く維持されるというわけではない。二国が交戦状態になった時、破棄されることがある。近代にもその事例が数多くあり、森はその例を紹介した。

なお、それ以外でも、いったん締結された条約が破棄されることがある。数十年後に日韓の間で起こった徴用工の問題だ。二〇一八年、韓国が最高裁にあたる大法院で締結された条約を破棄したのである。さすがの森もそんなことが起こるとはまったく考えつかなかっただろう。

岡田は淳一に向かって、

「照喜名さんは沖縄からワシントンに勉強に来ていますが、何か質問はありませんか」

と訊いたので、

「沖縄が日本に復帰したら、沖縄の経済は良くなるか、それとも悪くなるか知りたい。またその理由は何かを」

と質問した。劇作家の森は、経済の問題でも知識の広さを披露し、この問題に対する見解を述べた。淳一は深い感銘を受けた。

帰りの車の中で、

「すばらしい討論会だったね。あんなにすばらしい会に招いてもらい、本当にありがたかった」

淳一はいたく感銘を受けた様子で言った。

「岡田参事官は、本当にすばらしい方ね。奥様もお奇麗で、やさしいし、大使館で一番素敵なカップルよ」

と、頼子がうっとりした面持ちで答えた。この日の会のすばらしさは、二人の胸にしっかりと刻まれた。

順調な大学院生活

大学院での授業は二年目に入り、淳一の勉強も順調に進んでいた。時々パーティーに招待され、外交官や新聞記者と話す機会があったが、こうした刺激を受けることは淳一の勉強に励みを与えてくれた。

クリスマスが近づいた金曜日の夜、学部内でクリスマスパーティーがあった。淳一は頼子と一緒に出席した。淳一の専攻は国際関係論で、これは理論系の学問である。これとは別に、学部にはもう一つ、地域の国際関係を探究する部門もあったが、今回のパーティーはその学部が主催していた。いつものパーティーでは、自分の学部の教授や同輩と顔を合わせることが多いが、その日は橋岡という極東地域を専門とする教授と話し合う機会を得た。橋岡教授は温厚な日系二世の老人で、ほのぼのとした品格を持つ人柄に淳一は好感を抱いた。

淳一は橋岡教授から問われた。

「来年は修了ですが、それからどうなさいますか?」

淳一はまだ考えていなかったので、正直にそう答えた。受講している教科に打ち込み、修了を目指し、日々を送るだけで精いっぱいだった。

淳一がパーティーに出て、外交官や新聞記者と話す時、よく国際問題に話題が及ぶが、もっぱら現今の情勢に触れられた。橋岡教授は国際関係が専門なので、具体的にどのような事柄を研究するのか興味が湧き、尋ねてみた。

「私の専門は極東の国際関係です。それも現代ではなく、近代です。アメリカのペリー提督を始め、西欧列強が極東の国々に開国を迫りましたよね。それ以後の、極東地域の国際関係を探究しています。現今の関係よりも、歴史的な関係に重点を置いています」

パーティーが終わり、帰りの車中では、話題は橋岡教授のことで持ち切りになった。

「橋岡教授って素敵な方ね。大使館の外交官にも、すばらしい方がたくさんいるけど、橋岡教授には違う魅力があるわね」

と頼子は言った。淳一も同感であったが、頼子の言葉は、淳一のこれからの方向を示唆してくれたように感じた。

「僕は来年の春、うまくいったら修士を了《お》えるが、その後どうするかが問題だ。橋岡教授にもそのことを訊かれ、まだ何も考えていないことに驚いていたよ。日本に帰って就職するか、博士課程に進むか、道は二つだ。それも、今の理論系の学問を追究するか、あるいは地域国際関係に移るかだ。来学期もう一科目受講し、修士論文を仕上げる。この二つに取り組みながら、その後のことをじっくり考えるよ」

淳一の話を聞きながら頼子は、夫が目標を持って勉強し、順調に単位を取ってくれることが嬉しかった。大使館ではすばらしい知性を持つ外交官に接しながら、心楽しく仕事場に通っている。夫は夫で勉学に励んで着々と成果を挙げている。アメリカに来て本当によかったと、心から嬉しく思った。

次の年、淳一は最後の一科目を履修し、修論に取り組んだ。テーマを何にするかいろいろ悩んだが、ふと、かつて堀川が言った言葉を思い出した。その言葉というのは、劇作家の森友作がワシントンに来たとき、岡田参事官の家で聞いたものだ。検察庁から大使館に出向していた堀川が発した「条約と国内法に齟齬《そご》が生じた時、どちらが優先されるか」という質問が、淳一の記憶の片隅に残っていて、時折思い出すことがあった。

淳一は修論の執筆中、森と堀川の意見の遣り取りを参考に、そこから派生するさまざまな問題点を検討していった。教授からは良い評価をもらい、頼子は大喜びした。

修了式はキャンパス外にある大きな講堂で行なわれた。淳一はガウンを着て、角帽を被り学長から修士の修了証書をもらった。友達同士写真を撮り合った。友人が、

「奥さん、淳一の頬っぺたにキスをして、それを撮るから」

とポーズを要求した。

頼子はそれに喜んで応じ、淳一はいやいやながら従った。出来上がった写真を見ると頼子は大喜びで、それを引き伸ばし、額に入れて部屋に飾った。夫婦二人が協力して成し遂げた、淳一の修了式を彩る微笑ましい写真になった。

Ⅲ　ワシントン日本語学校

教師として

ワシントンには、たくさんの日本人が赴任している。職業も日本大使館の館員、世界銀行やIMF（国際通貨基金）の職員、新聞やテレビの記者、NIH（アメリカ国立衛生研究所）の医療関係者などと多岐にわたる。

そういう人びとの多くは、家族同伴で来るのが一般的だ。奥さんだけでなく、子どもたちも一緒である。子女のほとんどは現地の学校に通って、アメリカの教育を受ける。

ワシントンでの赴任生活は大方三年である。それでも、帰国する頃には彼らは英語が上手になっている。一方、そういう利点はあるものの、三年間日本の教育を受けていないので、国語の力は落ちてしまう。そこで、帰国に備えるために、日本語の勉強が必要となる。しかし当時は、ワシントンに全日制の日本語学校、あるいは土曜日だけでも補習教育が受けられる、適当な学校や施設は存在しなかった。

　そこで、彼らの教育を支援するため、大使の公邸を使って、土曜日に補習授業が行なわれていた。およそ二百人近い生徒たちが、公邸の仕切られた部屋に分けられ、それぞれの目的に合った勉強をしていた。

　こうした状況の中で、日本人の有志が話し合い、ワシントンDCの小学校を借りることになった。そしてほどなく、土曜日に限定されてはいたが、日本語による教育が受けられる補習校として開校されることになった。

　そうなると今度は、生徒たちのために図書館のような施設がほしいと、新たな意見が出てきた。そこで、公邸にある書物をそこへ移し、新校舎のひと部屋を図書館に充ててみたらどうかと、提案がなされた。確かに公邸の一室にはたくさんの本が乱雑に置かれていて、ほとんど読む者もいないようだ。それを整理すれば、生徒たちの勉強に役立つに違いない。

　その話を聞いた頼子は、本の整理をするボランティアを、淳一にさせたらどうかと考えた。頼子から打診を受けた淳一は、夏休みの期間中、本の整理をすることに同意した。

　淳一は修士課程を了え、博士課程に進むことにした。修士では国際関係について書かれた論文や文献を中心に、理論の勉強に集中したが、博士課程では橋岡教授のもとで、極東の国際関係を学ぶことにした。また、夏休みには夏期講習があり、一科目を履修したが、大使公邸で本の整理をするくらいの時間的余裕はある。だから、頼子からボランティアの話を聞いた時に、喜んで同意したのだ。

夏休みに入ると早速、淳一は公邸へ出向き、図書の整理に当たった。ちなみにここワシントンDCでは、六月の中旬頃から気温が上がり始め、夏が始まる。七月に入ると年間で最も暑い時期となり、日によっては四十度を超える猛暑もめずらしくはない。これが八月の下旬くらいまで続くのだった。


九月から新しくスタートするワシントン日本語学校では、何人かの先生を募集していた。大使館の奥様方は頼子に目を付け、ぜひ教えてほしいと要望した。頼子がハワイの日本語学校や沖縄の高校で教師をしていたのを知っていたからだ。さらに夫人たちは、淳一が夏休み期間、大使館で本を整理するのを見ていて、淳一にも教師になるよう声をかけた。淳一には教員の免許がないと頼子が言ったが、大学院の修士号を持っているので、資格としてはそれで充分なのだと説明された。

結局、頼子と淳一は九月からワシントン日本語学校で教えることになった。週日は現地校に通う日本から来た生徒たちに、土曜日には日本語で教える補習校の教師になった。

頼子は、小学校一年生の担任になった。以前、ハワイの日本語学校でも小学校低学年を教えていたので、その道のベテランといってもよかった。小さい時から書道もやっていたが、中学一年の時、全国の書道コンクールで一位になった。黒板に書く頼子の字は、教科書の字にそっくりの、分かりやすくてきれいな形をしていたので、保護者の間では大好評だった。

頼子はハワイで培《つちか》った独特の方法で、生徒を引っ張っていった。もともと生徒の質は格段に良いうえに、頼子の巧みな指導とが相まって、すばらしい学級に育っていった。

頼子の教え方が功を奏したのには、もうひとつの理由があった。それは、保護者とはいつも綿密に連絡を取ることで、最大の効果を上げたからだ。習熟度の低い生徒がいると、その母親には頻繁に電話をかけ、どういうところが弱いか、そこを家庭でどういうふうに指導してほしいか、頼子は具体的に説明し、親も納得した。

日本にいる生徒は毎日学校に通うが、ワシントンの補習校の場合、週に一度しか日本語を学習する機会がない。月曜日から金曜日は現地校に通うので、彼らの英語力は伸びていくが、ワシントンに三年もいれば、日本語の力が落ちていくのは明白だった。そのために頼子は、保護者と連絡を取り、家庭での対策を怠《おこた》らないようお願いした。

淳一のほうは高校生を教えた。高一が三人、高二が二人と人数が少ないので、学年ごとに分けずに複式で教えた。教科は古文、日本史、世界史の三教科である。

淳一は教師の資格がないので、そのことはしっかり自覚して謙虚に構え、教えるための努力をした。そのために予習をしっかりやった。特に古文の予習には時間をかけた。古文の解釈には、文法の知識が必要である。語と語の文法的なつながりをしっかり調べ、生徒に分かりやすく説明ができるように努力をした。

当時は、コピー機がまだ普及していない時代である。試験の問題用紙はすべて手書きだ。中間テストや期末テストの時、淳一は答案作りに時間をかけ、懸命に頑張った。手書きの分量があまりにも多く、しかも丁寧なのが伝わり、生徒も保護者も淳一の熱意に敬意を払った。

秋の終わりに授業参観があり、大勢の保護者がやって来た。頼子のクラスには、他のクラスの保護者も立ち寄るほどの盛況ぶりだった。

頼子の授業方法では、基本的で大切なことは手短に分かりやすく説明し、その後、それをもとに、質問形式で授業を進めた。

できるだけ多くの生徒に発言させるよう、気を配った。頼子が質問を出し、生徒に挙手させて正解を答えさせるのだが、その時頼子はわざと習熟度の低い生徒を指名した。たとえ回答が間違っても、正解が出てくるよう辛抱強く誘導していった。

試験に合格

淳一が日本語学校で教えることになっても、大学院での勉強に支障をきたすことはなかった。英語も上達し、アメリカでの学校生活に慣れてきたことも大きい。確かに時間は取られるが、教えることで張り合いも生まれ、教師と学生との二役を楽しみ、充実した時間を過ごせた。修士課程の時は一学期に二教科しか履修しなかったが、博士課程では三教科を取り、及第点を取ることができた。

日本語学校の夏休みは長い。その間、教師も休暇を取る。淳一は大学の夏期講習に参加して、二教科を履修した。修士課程の時は夏期講習では一教科しか履修しなかった。英語の力がついてきたので、二教科を履修しても、及第点を取ることができた。

博士号へ向けて、単位の取得は順調に進み、二年目に入った。一学期で規定の単位を取り終えたが、次に淳一が取り組まなければいけないのは、修了試験である。

試験が行なわれる日は、年が明けて一月の終わりに設定された。

ワシントンDCの冬は、夏とはうって変わって最低気温は零下を下回り、雪が降ることも多い。試験は十時に始まったが、外は前日までの雪が一面に積もっていた。

淳一は橋岡教授を主査とする三人の教授から質問を受ける。所要時間は約二時間である。対面する三人の教授は、日頃から親しく接して教えを受けている。おかげで淳一は緊張せずに、落ち着いて試験に臨むことができた。質問はやさしいものから始まり、次第に難しいものへと移行していった。

難問が出される場合、答えは一つとは限らない。その問題をどう考えて適切な答えにたどり着くか、回答者の思考過程が重要なのだ。淳一は質問を聞きながら、それに関連した事象を述べ、自分としての考えをまとめていった。

和やかな雰囲気の中で試験は進行し、無事終了した。結果発表は二時間後にここであるという。三人の教授と淳一は握手をして別れたが、みな親しみをこめた温かい笑顔を向けてくれた。

淳一は昼食をカフェテリアで食べた。昼食はいつも頼子が作ってくれる弁当である。頼子も昼食は外食にせず、自分で作った弁当で済ませる。その日の弁当はいつもより豪華だった。淳一の合格を祈願して、頼子が思いをこめて作ってくれたものだとすぐに分かった。

試験の結果を聞くため、二時になると淳一は試験を受けた部屋に向かった。三人の教授はすでに来ていて、椅子に座っていた。淳一が先ほどと同じ椅子に腰を下ろすと、主査の橋岡教授が口を開いた。

「淳一君、おめでとう、合格です。私たちの質問に対し、あなたは豊かな学識で見事な見解を述べてくれました。お二人の教授のコメントを聞いてください」

と言って、あとは二人の教授に引き継いだ。

一人の教授が回答の中で特に良かったところを指摘し、褒めてくれた。

「これからは博士論文ですね。テーマは決まっていますか?」

別の教授が淳一に訊いた。

「一応考えてはいるのですが、橋岡教授が賛成してくれたら、ぜひ取り組んでみたいテーマなんです」

淳一がそう答えると、橋岡教授が、

「それなら、どんなテーマか教えてください」

と言って興味を示した。他の二人の教授も「私たちも聞いてみたいですね」と笑顔で言った。

淳一は口を開いた。

「私の出身地は沖縄です。一八五三年、ペリー提督率いる黒船艦隊が日本に来て開国を迫り、その結果、日本は開国して明治維新を迎えました。その後、薩摩藩に支配されていた沖縄は強制的に大日本帝国に併合され、沖縄県となりました。

沖縄は、それ以前は琉球王国という、タイやベトナムのような一つの王国でした。中国や東南アジア諸国と活発に交易し、経済的に繁栄していました。ところが、江戸時代の初め、鹿児島藩の島津氏から侵略を受け、独立国としての地位を奪われます。しかし、中国との朝貢貿易で多大な利益を得ていたので、中国には島津氏から支配されていることを隠しました。これが二重統治といわれる理由です。論文を通じ、沖縄がたどった苦難の歴史を深く探究してみたいと思います」

淳一の口調は次第に熱を帯び、語り口から並々ならぬ思いが伝わってきた。三人の教授も真剣に耳を傾け、感銘を受けた様子だった。橋岡教授は、

「とても良いテーマだと思います。琉球王国の特殊性の探究は、単に過去の歴史を調べるだけでなく、沖縄が孕《はら》む現今の問題にも繋がっていますね。明治政府によって、琉球王国はいったん琉球藩となりますが、いわゆる『琉球処分』によって沖縄県となるなど、苦難の道をたどりました。しかし、苦難はこればかりでなく、太平洋戦争によって壊滅的な打撃を受けたばかり

か、戦後は日本とアメリカの二重統治を受けます。一九七二年、沖縄は本土への復帰を果たしますが、それでもアメリカは軍事基地を保有し続けます。このように、二重統治の問題は今も続いていますよね」

と言って、テーマの重要性を強調した。他の二人の教授も、論文がうまくいくよう願っています、と言って賛成してくれた。

三人の教授と握手を交わし、淳一は部屋を出た。雪が積もった校庭の歩道を、図書館へ向かって歩いた。氷点下の空気が頬を突き刺したが、歓喜に満たされた淳一の体には心地良く感じられた。

歩きながら、この喜びを早く頼子に伝えたいと思った。しかし大使館へ頼子を迎えに行くには少し早いので、図書館で時間を潰そうと思った。

頼子の仕事は五時半に終わるので、大使館の入口の車道で待っていると、彼女がドアを開け、足早に車まで来て助手席に座った。

「どうだった、うまくいった?」

シートに掛けるやいなや、試験の様子を訊いた。

「うまくいったよ」

淳一は弾んだ声で応えたが、ハンドルを握りながら、これでようやく喜びのひと声を頼子に聞かせることができ、肩の荷が下りたように感じた。

帰りの道はラッシュアワーで混んでいたが、試験の様子を明るく話す淳一の声は軽やかだった。頼子の気持ちも高揚し、喜びで心が満たされていくのが感じられた。

こういう時、大抵の夫婦ならレストランで祝杯を挙げるだろうが、淳一と頼子は自宅で慎ましく至福の時を過ごした。節約を心掛けているのではなく、そのほうが二人ともゆっくり楽しめるのだった。

しばらく経ったある日、淳一と頼子は橋岡教授からお招きを受けた。修了試験の合格祝いだった。教授の家に向かい、奥様の手料理をご馳走になった。デザートは居間でいただくことになり、みなが移動した。

居間にはグランドピアノが置いてあった。奥様が弾かれるという。デザートを食べ終わると教授が、「何か一曲弾いて差し上げたら」と奥様に声をかけた。椅子に腰掛けるとすぐに、奥様がクラシックの曲を次々と弾き始めた。淳一と頼子にも聞き覚えのあるものばかりで、チャイコフスキー、ドビュッシー、リスト、ショパンの名曲に二人はこれ以上ない感銘を受けた。ワシントンに来てからいろいろなパーティーに出席し、華やかな雰囲気を味わってきたが、それらとは趣を異にする、あたかも深山幽谷で小川のせせらぎに耳を傾けるような心地良さがあった。その夜は、アメリカに来て最高の夕餉《ゆうげ》であった。奥様の手料理も美味であったが、極上のピアノによるすばらしいおもてなしに、二人は完全に心を奪われてしまった。

アメリカではパーティーの招待を受けた後、主催者にサンキューレターと呼ばれる礼状を送る。頼子は達筆な字で、渡米以来最高の夕餉であったことを濃《こま》やかに認《したた》めた。送る前に頼子は淳一に文面を見せたが、頼子がこれまでに書いたサンキューレターの中で、最高に心がこもった礼状だった。

銀行勤務

修了試験に合格したら、淳一の次の目標は博士論文を仕上げることである。教授がそれを審査し、合格したら淳一は念願の博士号がもらえる。

もっとも、それをどう書いていくかが重要であり、難問であることは理解していた。これまで同様、ひたすら目標に向かい、心血を注いで打ち込むしかない。別のやり方としては、就職しながら時間をかけてゆっくり仕上げる、という方法もある。

頼子はここまで来たら集中し、一気に仕上げる方法を主張した。それに対して淳一は、就職しながら書き上げるほうを選びたいと考えていた。なぜならば、長い間正規の仕事から遠ざかっているので、そろそろ仕事に就いて、社会人としての勘を取り戻したいと考えていたからだ。

淳一は自分の気持ちをすぐには言わず、こう言った。

「前に言ったように、論文のテーマは琉球王国の二重統治についてだ。明治政府の下で、中国から離れて単独の支配を受けることになるけど、その間琉球王国はどう動いたのか、それがメインテーマになる。一方、これとは別にもう一つ、東南アジアにおける他の国々の動きはどうであったか、これにも注目したい。例えば、タイやベトナムは、琉球王国と何が共通していて、どこが違うのか、詳しく掘り下げて研究しないといけない。そういう比較をしっかりやりたいんだ。科目の履修と博士論文とは、アプローチがまったく違うので、ゆっくり時間をかけて取り組みたいんだ」

淳一は最後に本音を述べ、頼子に気持ちを伝えた。淳一が論文に対しどう向き合うか、しっかりした考えを持っているので頼子は同意した。そして、こう付け加えた。

「就職したら、日本語学校のほうはどうするの？　ちょっと仕事が多すぎると思わない？　だから勤めてみて、両方はきついと感じたら、三月いっぱいで学校のほうは辞めたらいいわね」

淳一はもっともだと思い、その考えに同意した。

頼子から就職について同意をもらったので、淳一は履歴書を書き、ワシントン近郊にある三つの銀行に送った。三行全部が面接に来てほしいと言ってきたので、すぐに出向いた。幸いなことに、三行ともすべて採用したいと連絡があり、そのうちの一行に決めた。

その銀行は、バージニアの州都リッチモンドに本社がある。アーリントンやアレキサンドリアなどワシントン近郊に支店を持っているが、そのうちバージニア州側にある四十の支店を統括する司令部でもある。淳一が通うのはアレキサンドリアの支店で、二人の住まいからは近距離にあった。

銀行には三月から勤めることになった。それで、朝は三十分で頼子を大使館に送り届け、次に三十分かけて自分の銀行に向かう。一時間で両方の勤め先に行けるので、楽なドライブ通勤だった。頼子は運転免許証を持っていたが、淳一は彼女に運転をさせなかった。どちらかと言えば、頑健なほうではない。体力的にムリをさせたくないし、疲労から交通事故に繋がるのが怖かったからである。

クラス替え問題

ワシントン日本語学校は三学期に入った。寒い日が続く中で、学年の締め括《くく》りをしっかりやろうと教師と生徒は一丸となって頑張っていた。

日本の学校なら一週間かけて勉強する内容を、日本語学校では一日で学ぶ。生徒も大変だが、教師のほうもこうした無理難題をどのようにこなせばよいのか、頭を抱えながら授業を続けていた。なお、問題というのは授業の内容に関したことばかりではない。時には、クラスの運営や生徒の組み替え、編成といった、学習内容とは異なる問題も生じる。

こうした課題に直面した先生たちが一堂に集まり、いろいろ話し合う場が職員会議である。この学校では月に一度、最終土曜日が充てられていた。放課後になると全員が集まり、解決すべき課題について語り合った。

学校に、ひとつの問題が生じた。それは頼子に関わる問題で、生徒の保護者の要望から起きたものであった。その時、頼子は小学二年を教えていたが、これはA、B二つのクラスに分かれている。頼子はB組の担任だが、これは一年B組からの持ち上がりであった。一方、小二のA組は、岡島先生という中年の女性であったが、彼女のクラスも一年A組がそのまま二年生に持ち上がったものだ。

頼子が受け持つB組生徒の保護者、主に母親たちが三学期に入るやいなや、三年生になっても持ち上がりで頼子に教えてほしいと、校長の小林へ直訴した。じつは前回、小一から小二の持ち上がりの時にも、母親たちが校長にお願いをして成功したので、今回も同じ行動に出たのだ。

もちろん、校長に願い出る前に頼子にはお伺いを立て、了解を取り付けていた。頼子のほうも、学校で認めてくれるのなら喜んでお受けすると答えていた。

そこで、母親たちは校長にお願いをしたところ、今回は渋い顔を見せた。それでも、彼女たちは退き下がらなかった。大使館の外交官や他省から大使館に出向している上級公務員の母親たちがこれに加わり、大人数で校長に直談判《じかだんぱん》に来たのだ。

日本語学校の事務室は大使館の一室を利用し、そこに置かれている。これだけではなく、日本語学校は何かにつけて大使館に世話になっている。そのような事情もあるので、校長は奥様方の要望を無下に断わることもできなくなった。

二月の職員会議が始まった。校長は二年B組の持ち上がりについて、先生方の意向を訊ねた。小一から小二へ、一回だけの持ち上がりはよいとしても、三年まで連続となると、常軌を逸していると感じたからだ。だがそれでも、先生方が反対しなければ、母親たちの希望をなんとか受け入れられるだろうと判断した。

小六を教えている元橋がこう発言した。

「持ち上がりは、一年を限度にすべきです。保護者から強い要望があったとしても、断固として断わるべきです。校則がないなら、新たに作るべきです。保護者の言いなりになって学校が動いていったら、教育は破綻します」

二年A組を担任する岡島は、元橋の発言を至極もっともな意見だと感じていた。母親たちから篤い信頼のある頼子を、日頃から妬《ねた》ましく思っていたからだ。

頼子のクラスがすばらしいクラスに成長したのに比べ、岡島のほうはごく普通のクラスで、目立った成果は見られなかった。岡島のクラスの母親たちは、来年こそは頼子に自分たちの子どもを教えてもらいたいので、二年B組の持ち上がりには反対だったが、頼子が三年生を教えることには賛成だった。自分たちの子どもが教えてもらう可能性があるからだ。それにはクラスの再編成を行ない、生徒の入れ替えをしなければならない。そこで二年A組の母親たちは、そういった主旨の要望を校長に伝えてあった。

頼子の持ち上がりに異を唱える元橋の次に、中学の社会を担任する吉野という女性教師の発言があった。

「クラス替えをせずに、二年連続の持ち上がりには反対ですが、照喜名先生も岡島先生もお二人がご希望なら、小三の担任になったらいいと思います。ただし、生徒はしっかり入れ替えをしなければいけません」

吉野の発言には、裏があった。吉野と親しい女性に、岡島が担任する生徒の母親がいた。その人は頼子が三年生の先生になり、我が子を教えてもらうことを望んでいた。それには、生徒の入れ替えをしなければいけないのは分かっていた。そこで、自分を含め、同じ思いでいる母親がクラスの中にたくさんいることを吉野に伝えていた。

吉野の意見に反対はなく、頷いている教師も多い。校長の小林は議事を進行しながら、こう考えた。クラスの担任を決めるのは自分の仕事であり、先生方ではない。しかし校長としては、参考になるなら一つでも多くの意見をもらいたい。

「元橋先生の意見について、みなさんはどう思われますか?」

元橋は先ほど、持ち上がりには断固として反対していた。校長の問いかけに対し、言葉には出さないが、賛成を意味する首の動かし方をする先生が多いように見えた。

これだと、元橋の意見にも賛成、吉野の意見にも賛成というようにも見える。違う意見が出ても、同じような動かし方をしているので、参考にならない。

こうした雰囲気の中で、中学で国語を教えている池内がこう発言した。

「照喜名頼子先生は、高校の教員免許もお持ちなので、来学年は高校生を教えたらどうでしょうか。高校生は、資格のある方が教えるべきだと思います。小学校の低学年も大切ですが、教える内容の難しさという点で、雲泥の差があります。そう考えると、淳一先生と頼子先生の交換というのが、むしろ合理的で学習効果も上がると思います」

池内は、京大の英文科を卒業した切れ者の女性教師であった。頭の良さと弁舌のうまさで、いつも職員会議をリードしていた。池内の発言にみんなはびっくりしたが、よく考えれば名案だと思い、大きく頷いた。

こういう場では、教師の免許云々については発言を控えるべきであるが、池内は大胆にもそれを口にし、会議をリードしようという思惑があった。

また、母親たちから信頼を勝ち得ている頼子を苦々しく思う岡島にとっては、次々と出てくる持ち上がり反対の意見に、溜飲が下がる思いをしていた。今こうして、多くの職員が頼子に刃《やいば》を突き付けている。岡島は愚かにも、自分が善人、向こうは悪人といった、じつに単純な受け止め方をし、内心ほくそ笑んでいたのだ。

一方、切れ者である池内のほうは、これについての根回しはしっかり行なっていた。実際、池内の発言によって会議は、頼子と淳一に打撃を与える方向に傾いていった。

校長の小林は頼子と淳一に意見を求めたが、二人は発言をしなかった。小林はこう言って会議を締め括った。

「皆さんの意見はあくまで参考にさせていただき、来学年の学年、組担任を決めていきます。最終決定は私が致します」

職員会議が終わった後、校長の小林は落胆を隠せなかった。池内の発言がなければ、照喜名頼子の持ち上がりも可能であった。その思惑は、池内の意見に付和雷同する多くの意見で崩されてしまった。

会議の趨勢《すうせい》に従って次年度の担任を決めるとなると、二年B組の母親たちから猛反対を受けるのは火を見るよりも明らかである。それではどうしたらよいか、考えあぐねていると、校長の脳裏にふと過《よぎ》ったものがあった。

監理運営委員会の存在である。これは、学校運営における最高の決定機関である。今回の持ち上がりのことを、そこで検討してもらったらどうか。小林はそう思いつくと、委員会がどういう決定をするか、予想してみた。

委員会のメンバーは全部で十人である。その中に、果たして二年B組の保護者は何人いるか。手元にある名簿を見た。その中に二人いた。委員会に諮《はか》り、多数決で決めるとしたら、どうなるか。

委員長を除いて評決した場合は九人になり、五人が多数派になる。B組の保護者二人は大使館勤務で、他省から出向してきている上級公務員である。この二人に、残りの七人から何人が賛成するか。結果はどうなるか分からない。だが、うまくいった場合、監理運営委員会がそう決定したと先生方に言えば、彼らもその決定に従わざるをえない。一方、うまくいかなかった場合でも、監理運営委員会がそう決定したとB組の母親たちに伝えれば、彼女たちの非難を回避できる。

そう考えた校長は、自宅に帰ると監理運営委員会の委員長、松井に電話をかけ、二年B組の持ち上がりの件で来週、監理運営委員会を開いて決めてほしいと要望を入れた。

松井は日本の大手新聞社のワシントン支局長である。松井は校長の話を聞くと、その件を委員会で話し合うことはできないと断わった。学校で担任を決めるのは校長の専権であり、自分で決めるようにと言った。だが、松井は温厚な人柄の持ち主で、校長の頼みを無下には断わらず、すぐに付け加えた。次の土曜日は三月の第一土曜日なので総会がある。四月入学の新一年生をどう受け入れるか、日本語学校に児童を通わせている保護者から意見を聞くという。これが第一案件であるが、そのあとで保護者から持ち上がりのことについても意見を聞いてもいい、それでいいか。もちろん、校長は同意し、謝意を述べた。

新入生をどう受け入れるか、これは日本語学校の大きな問題であった。これまでは無制限に受け入れてこなかった。校長と監理運営委員の二人、計三人で児童を面接して決めていた。入学の決め手になるのは、希望する生徒が学校の授業についていけるかどうかであるが、監理運営委員たちはこのことを慎重に調べた。

日本から来た児童は日本語が分かるので、すぐに入学させたが、アメリカ生まれでアメリカ育ちの児童については、彼らの日本語が十分かどうか、面接で見極めたのである。父親がアメリカ人、母親が日本人の場合、アメリカ生まれでアメリカ育ちになるが、家庭ではすべて英語となり、日本語が分からない子どもに育つ。日本語学校ではこれまで、そういう子どもの入学は認めていなかった。

しかし、従来どおりのやり方で本当によいのか。希望者が増えた現状を考えれば、もう少し門戸を開く必要があるのではないか。このような重大な案件は、総会で決めるのではなく、保護者から意見を聞き、それを参考にすべきだ。そこで監理運営委員会は参考意見を聞いたうえで、新入生受け入れについての基本方針を決めることになった。

日本経済が右肩上がりに伸び、日本製品を売り込もうと海外に赴任する人は年々増えていった。大半は家族同伴で行くことになり、子どもたちも一緒に来る。このような事情もあって、海外子女の数は年々増えていった。

それでは、増える一方の海外子女をどう教育するのだろうか。これは文部省の管轄だが、根本方針において文部省は一枚岩ではなかった。国内派と海外派に考え方が分かれて、前者では帰国後に備え、国語力の維持強化に努めるべしと考えた。それに対して後者は、滞在先の文化やその国の言葉の吸収に力を入れるべきだと主張した。

監理運営委員会の松井は、新聞社の支局長という関係から、文部省の両方の動きも察知していた。そこで、日本語学校のこれからの動きは、保護者からいろいろな意見を聞き、それを参考に委員会で議論を深めようと考えていた矢先であった。そのような事情もあって、校長から聞いた持ち上がり問題についても、保護者の意見をいろいろ聞き、それを参考に校長が決定を下すのが妥当だと思った。

無念の退職

職員会議が終わり、帰宅途中の車の中で、

「ねえ、例の問題、どうする」

頼子が淳一に訊ねた。

「君がよければ、高校で国語を教え、僕は小学生を教えてもいいよ」

「あなたが高校を降板したら、教え方が悪かったのでこうなったと思われるわ。私が良い学級に育てたので、お母様方は次も持ち上がりを希望しているけど、学校全体の教育という観点から言えばよくない、この考えは正論になるわね。私が違うクラスを持つのはいいわよ、でも、そのとばっちりを受けて、あなたが降板するのはいやよ」

「僕は来週から銀行の仕事がスタートする。それで、三月いっぱいで日本語学校を辞めてもいいよ。そうしたら、君が高校を教えても僕の降板とは関係がなくなるからね」

「私、高校生を教えるのに魅力を感じないわ。小さい子どもが好きなの。だから、高校生の担任と言われたら、私も辞めるわ。二人とも辞めたって、どうということはないわね。二人とも正規の仕事があるから」

こうして、二人一緒に学校を辞めるという方向に考えが傾いたが、敗北感はなかった。新しい方向に進んでいくのだとポジティブに考えると、二人とも暗い気持ちにはならなかった。淳一も新たな仕事に取り組むのだと考え、それが二人に活気を与えた。

次の週、我が子を校舎の入口で下ろし、駐車場で車を停めてから、保護者たちは講堂に集まった。いつものように教室では授業が行なわれ、講堂では総会が開かれた。

監理運営委員会の委員長である松井が議長を務めた。総会は、主要議題である「小一の新入生の入学資格」でスタートした。冒頭で松井は、「今日の総会は議題について決めるのではなく、いろいろと意見を述べていただき、それを参考にしてから監理運営委員会で決めます。意見を拝聴する会なので、自由に意見をおっしゃってください」と述べた。

さっそく一人が挙手をして、最初の意見が述べられた。

「小一は小学校教育の基礎を築く大切な学年です。何年か後には日本に帰国し、厳しい日本の学校教育に順応しなければいけません。そのためには、小一の勉強を充実したものに仕上げていくべきです。授業は日本語で行なわれるので、最低限、日本語が分かるということを入学資格とすべきです」

これを擁護する意見として出たのは、

「小一のクラスに日本語が分からない生徒が入学した場合、先生はその生徒を放りっぱなしにはできず、何としてでもレベルアップさせようと、時間をかけます。そういう生徒に足を引っ張られると、クラス全体の学力は低下します」

という手厳しい内容であった。

すると、これに異を唱える意見が出た。

「現在行なわれている、日本語が分からないと受け入れないというのでは、あまりにも厳しすぎます。ここは日本語学校です。スタート時点で分からなくても、少しずつ日本語を学ばせ、彼らを成長させるというのが学校の役目ではないでしょうか」

こう言って現在の厳しい制限を指摘した。

妥協案として、こういう意見が出た。

「ワシントンには、夫がアメリカ人、妻が日本人、子どもはアメリカ生まれでアメリカ育ち、という家庭がたくさんあります。母親が家庭で日本語を教えていたら、日本語学校は受け入れてくれるはずです。しかし、教えていなければ、入学は認めてもらえません。でも、その母親が入学を機に、子どもに日本語を学ばせたいと考え直し、家庭でも日本語を教えるようになるかもしれません。この学校で日本語が分からない生徒に日本語を教えなくてもいいです。きっと家で、日本人の母親が教えるようになります。だから子どもはこの学校で、日本の雰囲気に浸《ひた》るだけで充分です」

この意見は会場にいる監理運営委員に強く訴えるものがあった。これは後のことになるが、

面接の時、こうした訴えをする母親がいたら入学させてもいいと、監理運営委員会は決定した。

議長の松井は、次の議題に移った。教師の持ち上がりについてである。小一から小二に持ち上がりがあったから、保護者はさらにもう一年持ち上がりをしてほしいと強く要望している。それについて皆さんの意見を拝聴したいと言ったが、松井は頼子の名前は言わなかった。この問題を決定するのはあくまでも校長であり、皆さんの意見は参考意見として拝聴するとだけ言った。

この質問に対し、反対意見を述べたのは報道関係者に多かった。

「持ち上がりを希望している保護者には、大使館、世界銀行、ＩＭＦ、日本の官庁から出向してきている人たちが多く、在任中、子弟の日本語の学力を強化し、帰国に備えようとしている」

ある者はそう指摘し、持ち上がりの動機を批判した。

「日本語学校の事務所は大使館の中にあり、一室を借りている。そういう恩義を感じ、校長は弱腰になっている。そんな事情に左右されて、校長が保護者の言いなりになってはいけない」

別の者はそのように校長の弱腰を批判した。

「教師の教科や学級担任の割り振りについては、保護者の希望を尊重しつつ、彼らのエゴによって行なわれるべきではない。校長はこれに対し、学校全体の教育向上を目指し、公平に行なうべきである」

こんな正論を述べた者もいた。

二年B組の保護者で発言をしたのは二人であった。学級代表は言葉少なに発言をした。

「担任の先生が子どもたち一人ひとりの学力を向上させてくださいました。できたらもう一年、持ち上がりで教えていただけたらと思います」

副代表は謙虚に述べた。

「子どもたちは先生を慕って、みんな楽しく通学しています。できたらもう一年、持ち上がりをしていただけたらと思います」

さまざまな意見が出た後、最後に一人の父親が発言をした。自分の名前を名乗ったあと、

「私は小五の息子の父親です。小二の先生がどんな方か、みなさんの意見を聞いてよく分かりました。子どもたちに愛情を注ぎ、しっかり教え、全員からとても慕われている先生であることが伝わってきます。これは私からの、校長先生へのお願いですが、今度は私の息子の担任になるように、どうかよろしくお願いします」

と言ったので、会場は大爆笑に包まれ、閉会した。

その日、教室では普段どおりに授業が行なわれた。午前中、講堂で総会が開催され、校長が

出席したことは分かっていた。だが、どういうことが話し合われたのか、校長からの報告はなかった。

家に帰り、夕食を終え、ひと息入れていると、二年B組の学級代表である中田から頼子に電話があった。彼女は総会の様子をかいつまんで話してくれた。校長は監理運営委員会の委員長に相談し、委員長は総会で主要議題についで話したあと、ついでに持ち上がりの件についても出席者から意見を募った、と説明があった。

中田の話によると、報道関係者の意見が多く、しかも正論なので、こちらとしては控え目に意見を述べるに留まったとのことだった。最後に、小五の坊ちゃんの父親が、そんなにすばらしい先生なら今度はうちの息子の担任にしていただけませんかと言ったので、大爆笑で会は終わったと言ったので、頼子もつられて笑った。

中田からの報告を聞き、持ち上がりは完全に消滅したことが分かった。頼子は淳一に中田から聞いたことを話し、

「去年、校長先生は三月の二週目に次年度の担任を発表したから、今年もそうすると思う。だからその時、日本語学校を辞めると言うわ」

と頼子が言った。

「もちろん、僕も辞めるよ。就職も決まったし、論文もある。時間が取れるから、かえって天

の恵みだね。君はあんなにすばらしい学級を作り上げ、教え子と別れるのはつらいと思うけど、大使館の勤めはあるし、ゆっくり休養できるよ」

次の土曜日、辞職の決意を固めた二人は、さっぱりした気持ちで学校に向かった。

その日の授業がスタートした。淳一は教えることに専念することができたが、頼子の心は動揺した。自分はこれまで全力投球を続け、子どもたちもしっかりついてきてくれた。けれどすぐに、この子たちと別れることになるのだ。

この子たちは自分が学校を去ることを知らない。こうして普段と変わらず勉強に打ち込んでいる。そういう子どもたちの健気《けなげ》な姿がいとおしくてたまらない。頼子は今にも泣きそうな思いで教壇に立っていた。

その日、校長の小林は次々と教室を訪れ、授業の合間に次年度の担任、そして中学生、高校生を教える先生には教科と学年を伝えた。

淳一のところには一時間目と二時間目の休み時間に来た。校長は小三のB組の担任をお願いすると淳一に伝えたが、淳一はただちに、自分は銀行に就職したし、修了論文に取り組まなければならない。そんな事情もあって、今年度限りで日本語学校を退職したいと伝えた。校長は予期せぬ返事に驚いたが、納得のいく理由なので致し方ないと言った。

頼子のところに来たのは、午前の授業が終わろうとする時であった。頼子が立つ教壇から、校長の姿が見えた。その時、頼子はある期待感で胸が高鳴り、校長のそばに近づいた。

淳一は辞めるし、自分も持ち上がりはできないから辞めると決めてはいた。しかし今では、持ち上がりではなく、小三の担任という知らせなら、受け入れてもいいと思った。

そうすれば、クラスの入れ替えはあるが、二年Ｂ組の半分はこれからも教えることができる。新しい子どもたちにも分け隔てなくしっかり教え、良いクラスに仕上げるために頑張ることができる。

校長が告げた言葉は、淳一と入れ替わって高校の国語を教えてほしいという依頼だった。脳裏の片隅にあったわずかな期待は、木っ端微塵に砕かれた。校長は二月の職員会議の時、池内が発言したのをそっくり受け入れ、そのまま人事を行なったのだ。京大出の池内は切れ者であり、教職員のリーダーである。校長は彼女の主張に沿った人事をして、教職員と協調しようとしていた。

頼子は敗北感を覚えたものの、こんな校長の支配のもとで身を安んじる気は毛頭なかった。すぐさま校長に退職する旨を伝えた。

今度は校長がびっくりした。寝耳に水とはこのことだ。うろたえた校長は、考え直してほしい、詳しい話もあるから今日の夜にでもお電話ください、とそれだけ言うのが精いっぱいだった。淳一の辞職はすんなりと受け入れたが、頼子の場合は意外であった。配慮に欠ける人事をしたという後悔が、にわかに湧き起こった。

授業が終わると、淳一は職員室へ行き、頼子が来るのを待った。一方、この時間は保護者が我が子を教室に迎えに来て引き渡すので、頼子はそのたびに保護者と挨拶を交わす。それだけでもかなり時間がかかる。

頼子が職員室に行くと、大方の教師はすでに戻っていた。淳一と頼子の二人は駐車場に向かって歩いていった。淳一と歩調は合わせてはいるが、頼子はただ虚《うつ》ろに足を動かしているだけであった。

体は疲れていても、いつもなら生徒と一緒に授業に取り組んだ充実感で溢れ、しっかりと大地を踏んでいた。だが、今日は充実感などまったくないのである。今日が最後の授業ではなく、あと二週間残っているが、辞職を告げたことで、大切なものと別れる寂しさがどっと押し寄せ、いつもの気力を奪った。

頼子の心情が痛いほど分かるので、淳一は家に向かう車の中で、黙りこくる妻に声をかけることはなかった。沈黙に寄り添い、沈んでいる気持ちをそっとしてあげることが、頼子への労《いたわ》りだと思った。

頼子が子ども好きなのは、淳一も知っている。しかし、頼子は前夫と十六年の結婚生活があったが、前夫との間には子どもはできなかった。それで、淳一との間に子どもが授かることは期待していなかったし、実際に授かることは諦めていた。また、そのことで話し合ったこともなく、不妊治療のために病院に行ったこともなかった。

縁あって、二人は教師として日本語学校に勤めることになった。二人とも全力投球を続けて職務をまっとうした。頼子はハワイでも教えていたし、沖縄の米人学校でもすばらしい成果を挙げていたので、再び本領を発揮する機会を与えられ、生徒たちへの指導に打ち込んだ。淳一のほうは教師の免許はなかったが、教師に準じる資格があることを認めてもらい、ベテランの頼子からアドバイスをもらって続けることができた。

口には出さなかったが、我が子を持たないがゆえに、子どもに接する機会を得て教えることに喜びを感じ、力を合わせて頑張った。特に女性である頼子はひとしお、そういう思いが強かったのではなかろうか。

学校で教えるうちに二人は、学校にも生徒たちにも深い愛着を抱くようになった。それゆえに、いざ退職する段になると、愛情こめて育てた我が子を失うような気持ちを感じた。自分たちには子どもはなかったが、生徒たちはその代わりといえた。辞めることになって、寂しさを強く感じた。頼子の場合は特に、保護者からの圧倒的な支持を得ていただけに、無理矢理引き離されるような、胸が張り裂けるような深い寂しさを感じた。

落ち込んだ気分の二人であったが、次の土曜日に学校に向かう頃には、次第に気分も落ち着いていた。とはいえ頼子は、最後の授業へのカウントダウンが始まると、何かの拍子にふと、この子たちとはもう会えなくなるのだと考え、寂しさと喪失感に見舞われた。それでも、残された今日と来週はしっかりこの子たちと接しようと、気を持ち直した。

次の土曜日、授業は午前中で、午後になると卒業式だ。最後の授業が終わり、教室に我が子を迎える保護者がやって来た。みんなが一人ひとり、頼子に深々と頭を下げ、感謝の意を述べた。

卒業式が終わると、淳一と頼子は職員室へ行き、持ち帰る品々を持参した大きな紙袋に入れた。次年度の担任や教科のことは新学期まで口外してはいけない決まりなので、二人は退職することを口にせず、職員室を後にした。

Ⅳ 「火曜教室」開塾

新たに塾を開く

日本語学校は春休みに入り、四月の始業まで休校になった。頼子は自分が退職したことをB組代表の中田に伝え、お世話になった礼を言いたかったが、人事のことを口外するのは御法度《ごはっと》なので、差し控えた。

新学期が始まるとすぐに、B組の保護者全員が頼子と淳一の退職を知った。学級代表だった中田は、新学期が始まったその夜、頼子に電話をしてきた。子どもたちは頼子が学校を辞めたことを知り、みながっかりしていることを伝えた。

これまでお世話になった礼を言うと、頼子は「大丈夫ですよ、子どもたちはすぐに新しい先生に慣れるから。またしっかり頑張って勉強するから、心配には及びませんよ」と伝えた。

淳一と頼子は二年ほど前から、アメリカに来て初めて居を構えたアレキサンドリアのアパートから、アーリントンにあるマンションに転居していた。そこは前のところよりスペースが広く、二人は快適に暮らしていた。

マンションにはプールがあり、夏休みになると子どもたちが大勢、家族と一緒に利用していた。淳一たちの家は五階なので、プールの賑《にぎ》わいを眼下に眺めながら、羨ましい思いで見ていた。

淳一と頼子は、プールに入ったことはなかった。その時はまだ、土曜日は日本語学校があり、日曜日は次週に向けての準備があったからだ。日本語学校にも夏休みはあるが、淳一は博士課程の教科を二つも履修していたので、プールで泳ぐ時間はなかった。

しかしこのたび、二人は一緒に学校を退職したので、土、日が暇になった。しかし、気持ちは楽になったが、晴れやかな気分にはなれなかった。そういう沈んだ空気を払拭するように、淳一が言った。

「今年の夏はプールで泳げるね」

「そうね、あと一か月でメモリアルデーだし」

頼子も淳一の考えに合わせてそう言った。

アメリカのプール開きはメモリアルデー、つまり戦死者記念日から始まる。これまで、羨ましく感じても利用できなかったプールをようやく利用できる。マンションのみんなと一緒に賑わいの列に参加することを待ち望んだ。

四月に入った三週目の日曜日、二年B組代表だった中田と副代表の武満が淳一と頼子のマンションを訪れた。再会を喜び合ったあと二人は、子どもたちは今でも頼子への思いが断ち切れず、その思いが続いていると語った。

子どもたちの気持ちを無視することもできず、かつて二年B組だった生徒の母親たちが集まり、いろいろ協議した結果、ひとつの案が浮上したのだという。その案とは、新たに塾を開いて教えてもらうことはできないかというもので、週に一回、旧二年B組を中心に集まり勉強を教えてもらう、という予期せぬ内容であった。生徒の兄や姉も何人か加入したいという。

この話を聞いた二人はびっくりした。思わぬことなので、即答はできなかった。お気持ちはとてもありがたいが、もう少し考えさせてもらいたいと二人は言い、二、三日考えて検討し、電話でお答えすると伝えた。

二人はこの提案についてじっくり話し合い、結論を出した。話が来てから三日目の水曜日の夜、頼子は中田に電話を入れた。お母様方、そして生徒たちのお気持ちはとてもありがたいが、私たちの現状を考えるとお受けできないと、丁寧に断わった。二人とも正規の仕事があり、淳一は修了論文があるので、それに専念したいと申し述べた。

「ご事情はよく分かりました。残念ですが、皆様にそうお伝えします」

と言って、中田はいったん引き下がった。

次の日曜日、中田と武満は再度、マンションを訪れた。今回は、大きな紙に書かれた寄せ書きを持参してきた。それには、かつての教え子たち全員により、ぜひとも新しい塾に入って勉強したいとの熱い思いが寄せ書きされていた。

それを見て、頼子はわっと泣き出した。ハンカチで涙を拭《ぬぐ》いながら、「ありがとう、ありがとう……」と声を詰まらせながら言った。そして淳一に、

「ねえ、お受けしていいでしょう」

と言ったが、すでに淳一も同じ気持ちになっていたので、

「いいですよ。僕も協力しますから」

と即答した。中田も武満の二人も、ハンカチで目を覆いながら、涙声になって、

「ありがとうございます、ありがとうございます」

と何度も礼を言って喜んだ。

早速、動きがあった。北村という新聞記者の奥さんにローダというアメリカ人がいるのだが、彼女がベセスダにある教会と交渉し、地下の一室を教室として使わせてもらえることになった。

毎週火曜が授業日になったので、塾の名前は「火曜教室」と呼ばれるようになった。

ボランティア活動

幸先良い船出をしたものの、淳一のほうに難関が立ちはだかった。塾の始業は午後六時から

で、終業は八時に決まった。始業に間に合わせるためには、淳一は五時に退行し、五時半に頼子をピックアップすると、ただちに教会に向かわねばならない。

問題は毎週火曜日、淳一が必ずその時間に退行できるかどうかだった。銀行の勤務時間は午前九時から午後五時までだが、たまには残業の必要が生じるかもしれない。社員である以上、勝手な振る舞いは許されない。

淳一は貸付課に属しているが、上司から許可をもらわないといけない。直接の上司だけでなく、人事部やさらに上のほうの許可も必要となるだろう。窮地に立たされた淳一は、ありのままを報告し、そのうえで詳しく事情を説明してなんとか許可を取り付けるしか方法はない。

最初に思ったのは、塾を開くと言えば、利益を得ることになるので許可は下りないだろうということだった。そこでボランティア活動をしたいと申し出た。自分はこれまでワシントンの日本語学校で教師をしていたが、銀行に就職したので、そこを辞めた。すると、生徒や親たちが教会の地下を借り、火曜日にボランティアで教えてほしいと願い出た。

どうしてそういうお願いをするかというと、日本の受験の厳しさがある。生徒の親が赴任してくると、三年ほどはワシントンに駐留する。彼らは妻と子どもたちを引き連れて来るので、子どもたちの教育が重要になる。彼らは週日の五日は現地校に通い、三年で英語が上達するが、反対に日本語の力は日が経つにつれて弱くなる。それを補うために存在するのが日本語学校だが、土曜日に集中してやるので、一日で日本の学校の一週間分を勉強するしかない。

だが、補習校の勉強では、帰国しても日本の厳しい受験体制に太刀打ちできない。それで困った保護者が、せめて今まで教えていた子どもたちに、ボランティアでもう一日教えてくれないかと、淳一を説得しに来た。親たちだけでなく、子どもたちも切に願っており、並々ならぬ熱意にほだされた淳一は、できれば実現させたいと思うようになった。

本当は、頼子を慕っている子どもたちと保護者らの願いであったが、淳一はこれを自分のこととして銀行への説得材料としたのであった。

現在、日本でもボランティア活動が盛んとなり、自治体や各地域で受け入れられ、近年では災害ボランティア活動についてもよく知られるようになった。しかし、ここアメリカでのボランティア活動は、植民地時代に団結して助け合ってきた長い歴史により、市民生活に深く根を下ろしている。生活のほぼすべての面で、日常的に見られるものだ。大抵の市民が、一度や二度はボランティアをした経験を持ち、自分の時間と能力を地域社会の利益のために惜しみなく提供していた。

淳一はアメリカに来て、ボランティア活動の盛んな様子を見てきたので、このことも説得材料になると判断した。さらに、銀行のお偉方のお情けにすがるため、アメリカを持ち上げつつ、日本では海外教育に対する考えがいかに遅れているのか、現状を説明した。実際、アメリカは国力が強いので、国防省の管轄の下、ＤｏＤスクールが全世界にあり、そこでは英語による教育が一律に行なわれている。

それと比べると、日本は全日制の学校がニューヨークに一つしかない。他はみな補習校で、土曜日一日で、日本の学校の一週間分を詰め込まれる。こうした現状を少しでも軽減するため、淳一が教えた子どもたちにもう一日機会を与え、日本語教育の遅れを解消させてあげたい。淳一はこのように訴え、あとは銀行の判断を待つことにした。

入行してひと月ほど経った四月の初め、淳一が勤める銀行内で重要な会議が行なわれた。頭取をはじめ、人事部長、淳一の上司、そしてリッチモンドから来た別の頭取数名も参加した。さらに、ちょうど合併計画が進んでいた某大手銀行の頭取ら数人も一堂に会した。

いくつかの案件が討議されたあと、日本に関する議題の講師を淳一が務めることになった。出席者の中から、日本の経済や大手銀行の現状を知りたいと要望が出されたからだ。淳一のプレゼンテーションが終わり、活発な討論が行なわれた。

結果は上々だった。淳一のような日本通が入行したので、大変貴重な情報を得ることができたし、活発な討論となった。これからも時々こういった会合を持とうと口々に言って、淳一とにこやかに握手を交わした。

このことがどれだけの効果をもたらしたのかは分からないが、後日、淳一から願い出たボランティア活動に許可が下りた。淳一は安堵したが、入行したからには、銀行業務にも全力投球し、同時に日本の将来を背負う子どもたちにもしっかり勉強してもらうつもりだ、と上司に決意を伝えた。

「淳一、君なら両方しっかりやれる。私は君のような模範的で意欲ある部下を持って幸せだ」

上司はそう言って、固い握手を交わしてくれた。


塾に参加したのは全員ではなかった。元二年B組の生徒のうち四分の三だったので、彼らの兄や姉も加わった。高学年の生徒が入ってきたので、学級は複式にし、上の生徒は淳一が教えることになった。

塾は午後六時にスタートするので、間に合うようにたどり着くまでが大変だった。ラッシュアワーを掻き分けながら車で行くので、いつもハラハラしどおしであった。それだけではない。着いてからも難題が待ち受けていた。教室が地下にあるので、机と椅子の片付けに手間取る。前に使用した人たちが放りっぱなしにしてあるのを、大急ぎで片付けなければならないのだ。

六時に着いてから椅子を並べるのでは、スタートが遅くなる。そこで教会の管理人さんに教室の用意をお願いした。管理人さんは、夫婦で地下の一室に住んでいたが、毎週の教室づくりのお礼に、頼子は何くれとなくお礼の品をプレゼントしていた。

塾で教える教科は、国語と算数であった。六時から八時まで勉強をする。少しでも時間を節約するため、頼子と淳一は前もって勉強用のペーパーを用意した。国語と算数、合わせて六枚である。教室には二つの大きな机が置かれ、低学年、高学年に分かれて座った。生徒は与えられたペーパーに書き込んでいき、分からないところを二人が巡回して指導した。

国語は教科書を中心に教えるが、土曜日の日本語学校より、一、二週間先を行くようにした。前もって学習しておいたほうが、日本語学校で新規に習う際、すでに取り組んだという自信になり、しっかり身につくからだ。

算数も教科書中心であるが、こちらも一、二週間先を行くよう教えた。いろいろな解き方ややり方を前もって教わっていると、より一層力がつくのはこれまでの経験上分かっていた。例えば、低学年の繰り上がりの計算の方法を前もって習っていると、日本語学校で教わった時に、計算がより速くできるからである。

「赤ペン先生」誕生

火曜教室では、漢字にも力を入れた。宿題には漢字の書き取りペーパーを入れた。四十字書ける、マス目のある用紙を作って渡した。生徒は分からない漢字があると、教科書を見てマス目に書き入れるのである。宿題の最初の課題なので、生徒は真っ先に取り組む。また、テストでも宿題のペーパーと同じ形式で出題したため、生徒はあやふやな漢字を何べんも練習することになり、たちまち上達した。

生徒は漢字のテストからスタートし、ペーパーに取り組んでいくが、習熟度の高い生徒は早く終わってしまう。そういう生徒には、原稿用紙を渡して作文を書かせた。テーマは「アメリカの学校で何を学んだか」というもので、感じたままを自由に書かせた。頼子と淳一は生徒たちの作文に目を通し、彼らの感じていることや悩んでいることなどを把握し、いろいろとアドバイスを与えた。

習熟度の低い生徒に対しては、一時間くらい経ってから、ペーパーを全部終わらせずに、大切なところに赤ペンで印を付けてそこだけをやらせた。そして、少しでもいいから作文を書かせた。

また、全生徒に日記を書かせた。頼子が教えている低学年の生徒も、淳一が教えている高学年の生徒にも同様に書いてもらった。

日記のチェックをするのに、頼子は大使館の昼休みを利用した。休憩時間は一時間半もある。アメリカの一般企業では、昼休みは四十五分というところが多いので、倍の長さである。その理由は、大使館があるのは市街地ではなく、郊外だからだ。外食するには時間が短いとムリだし、外交官が朝、国務省に行って要人と昼食をとる場合などでも、昼食時間は長いほうがよかったのである。

淳一は同僚と外でランチをとるので弁当はやめていたが、頼子は毎日弁当を持参した。弁当を三十分で食べ終えると、残りの一時間は日記のチェックに充てることができた。さらに、ちょっとでも時間ができると、寸暇を惜しんで仕事をした。頼子は朝、淳一に車で送ってもらって出勤し、帰りも淳一が迎えに来てくれる。たまに残業があって淳一の迎えが遅くなる時には、迎えが来るまで子どもたちの日記のチェックを続けたのである。

このように、頼子は心をこめて丁寧にチェックをした。赤ペンを使い、うまい表現には、棒線や〇印をいくつも打ち、「とっても上手」「すごい」などと褒めてあげて、日記の終わりには丁寧に感想を記した。

感想のコメントが丁寧でしかも適切なうえに、頼子の字がすばらしいと、生徒たちからは好評だった。なにしろ、中学の書道コンクールで日本一になった文字だ。教科書に載っている手本とそっくりの見事さなので、生徒たちはコメントを熱心に読んだ。そして、母親や父親も、返してもらった我が子の日記を楽しみにして読んだ。

授業が終わり、子どもたちを迎えに来た母親たちは、みな口を揃えて「先生のコメント、すばらしいです。読むのが楽しみです。こんな見方があるんだと、とても参考になります」と頼子に礼を言った。

「勉強を教えるのも大好きですが、生徒のみんなが日本語学校で何をやっているか、家でどう過ごしているのか、子どもたちの日常を知るのは、とても楽しいことです。教える私たちにも、とても役立ちます」

と頼子は嬉しそうに答えた。日記を通じ、頼子と母親たちの信頼関係は次第に強固なものになっていった。

かつて頼子が、日本語学校で教えていた時、二年B組の学力が大幅に伸び、それが「持ち上がり問題」を引き起こしたことはすでに触れたが、生徒全員がレベルアップした要因は何といっても、頼子と母親たちとの密なる関係であり、絆であった。習熟度の低い生徒には、どこが弱いか、どういうところを家庭で指導していけばいいのか、具体的に母親に示したのである。

このやり方によって確実に効果は上がったので、火曜教室でも踏襲した。習熟度の高い生徒は教室で勉強してさらに伸びたが、低い生徒も教師と母親の密なる連絡のおかげで改善され、学力が向上していった。

特筆すべきことは、火曜教室では「おやつの時間」を導入したことだ。ただし、生徒たちが家から持ってきていいのは軽いおやつに限った。また、水やジュースなどの水分は禁止した。低学年の子どもたちは、テーブルの上にこぼすことが多いからだ。低学年では二時間集中させるのは大変なので、頃合いを見計らって「おやつの時間」を宣言した。すると、「待ってました」とばかりに笑顔が弾け、その後の効率はアップした。高学年の生徒のほうも緊張感から解放され、リラックスできると大歓迎した。

生徒の文集

「文集を作ってみない？」

頼子からこんな提案が出された。

「子どもたちがあんなに熱心に日記を書いたんだから、そのまま個人だけで終わらせてしまうのはもったいないわ。日記を文集としてまとめれば、他の子にも読んでもらえるので励みにもなるし、親たちにとっては、我が子の書いたものが読めるので楽しみでしょう。同級生の子どもたちと比較もできるし、自分の子が何を考えているのか分かるし。それと、子どもたちの文章力が向上するのにもひと役買うわ」

「同学年でもうまい子もいるし、下手な子もいる。そのことはすぐに分かるし、他の親たちに知られてしまう。このことで落胆したり、引け目を感じる親もいるかもしれない。でも、ワシントンに来ている親たちは見識も高いから、そんなちっぽけな了見は持っていないだろうけどね」

淳一は笑いながらそう言って、文集作りに賛成した。

原則は一人一作だが、うまい生徒は二作から三作載せることにした。全体で何ページの文集にするかを考え、作品数を調整しながら掲載するものを選んだ。ワープロやパソコンのない時代である。淳一はすべて手書きで行なった。はじめに小さいマス目の原稿用紙を作り、それを下敷きにして上に白紙を置くと、一字一字書き込んでいった。

「表紙はどうしようか」と頼子が言ったが、それにはまず、元になるラフスケッチを描き、アイディアを出し合いながら、印刷用の原稿を完成させなければならない。それと、文集の題名を何にするかも考えなければならないし、表紙を飾る絵とかイラストのようなものも必要になるだろう。それと、これからも発行を続けていくつもりだから、号数と発行年月日を忘れないように……。

あれこれと考えながら、二人の気持ちも段々と高まり、期待に胸がふくらんでいった。ある雑誌に、二人の子どもが楽しそうに手をつないで歩く絵があった。この文集にぴったりなものだったので、それを表紙にあしらうことにした。題名は、頼子の筆による手書きで「たのしい日記」と書いたものを表紙の上部にレイアウトした。

第一号ができた。本文はたった十ページと薄っぺらだが、頼子は日記の一つひとつに自作のイラストを入れた。その効果もあって、立派な文集に仕上がったと思った。みんなの日記を読んでみた。それぞれ味わいのある文章を書いていた。低学年のものは、稚拙ではあったが、一生懸命頑張っているのがよく分かった。

「いいなあ」「そうね」

二人は文集を手に取り、何べんも読み返した。

教室で生徒に出来上がった文集を手渡すと、みんな目を輝かせて喜んだ。自分の書いた日記を改めて読み返したり、友達と感想を述べ合ったりしている。ほとんどの生徒は一人一作だが、うまい生徒のものは、三作も掲載されている。

「野田さんは、三つも載っている」

と羨ましそうに言う生徒がいた。

「良い日記をたくさん書くと、たくさん載せてあげるよ」

と淳一が言うと、みんな納得した様子であった。

親たちは翌週火曜教室に来ると、日記について語った。どの親も嬉しそうであった。

「あれだけの手書き、大変でしたね」

淳一の手書きを労《ねぎら》う母親も多かった。淳一はその言葉が嬉しかった。大変ではあっても、また頑張ろうという気になった。

ワシントンではパーティーが多い。祝日や親睦会、日本へ帰国する人が催《もよお》すお別れ会などである。パーティーではいろんな話題が持ち上がる。

たまたま火曜教室に行っている親たちが集まって話をしていると、火曜教室の話になり、「たのしい日記」についてああだこうだと話し合うこともある。そこへ火曜教室に子どもを入れていない夫婦が入ってきて、「たのしい日記」のことを初めて耳にする。当然、それって何のことですか、と質問が始まり、火曜教室とはどういうものか、様子を訊くことになる。パーティー帰りの車の中で「火曜教室というのはなかなかいいみたいだね、うちの子も入れてみようか」という方向へ話が進むこともある。実際、そういう経緯《いきさつ》から入塾した子どももかなりいた。

入塾最初の日、子どもを連れて親が来ると、

「パーティーで『たのしい日記』のことを聞きました。皆さんとっても楽しそうにお話しして

いるのを伺い、うちの子も是非入れていただきたいと思いましたの」

と塾に参加させた動機を明かした。

「たのしい日記」には人を魅了する力がある。このことを知ると、頼子は日記のチェック、淳一は文集発行の手書きを今まで以上に頑張った。発行するたびにページ数は多くなり、手書きの量は増えていったが、やり甲斐のある苦労であった。

頼子はたまたま、ある子ども向けの雑誌で、発行元である日本の雑誌社が「作文コンテスト」を主催していることを知った。さっそく生徒に作文を書かせ、応募させた。塾からだと応募できない決まりなので、日本語学校を通じ参加させた。

作文のテーマを何にするか迷ったが、頼子は生徒の日記から選ばせることにした。塾の日記には必ず、彼らが普段通う日本語学校での出来事を書く。作文のテーマにいいと判断すると、頼子がOKを出して生徒に書かせる。低学年の場合、テーマを与えてもどう書けばよいかが分からないので、構成面の指導は頼子がした。

淳一が担当する高学年のテーマも、主に頼子がチェックしている日記から選んだ。日記から見つからない時は、母親に電話をかけ、学校ではどういうことがあったかを訊ねさせた。母親には話せる子が多いからである。

作文コンテストに向けて、文章をどう仕上げていったらよいか、淳一と頼子は二人でよく話し合った。生徒任せで書かせるのではなく、いろいろとアドバイスをした。出来事の羅列だけを書いている生徒には、その時、その人はどう思ったのか、心の描写も入れさせた。結びが弱い生徒には、全体をもう一度読ませ、どう終わらせると読み手の心に響くのかを考えてもらい、ふさわしい文章を書かせた。

頼子と淳一が日本語学校を通じて「作文コンテスト」に応募させた作品は、次第に入選作が増えていった。

ある年、頼子が指導した生徒の作文が文部大臣賞を受賞した。総理大臣賞に次ぐ二番目の賞である。五年生の男子生徒が書いた「凧《たこ》」という作文であるが、内容は次のようなものだ。

彼は、アメリカ生まれのアメリカ育ちで補習校に通っているが、一人の日本人ととても仲良くなり、親友となった。補習校には、次々と転校生が入ってくるが、何年か経つうちに、父親の赴任が終わる。その友達も、父親の任期が終わるので日本へ帰ることになった。

もうすぐ帰国というある日、日本人の友達が凧を持ってきた。その凧には、赤色の長い脚がついていた。上の方にその男子生徒の名前、真ん中に帰国する男の子の名前、そして一番下には帰国する子の弟の名前が書いてあった。三段式の凧である。

その凧を作った友達は日本へ帰ったが、その男子生徒は今でも時々凧を揚げて、日本へ帰っていった友達を思い浮かべる。

文章の最後はこう結ばれている。

「僕は今でも時々彼の残していった凧を上げる。大空をいせいよくとぶ三段式凧を見上げる時、やっぱり僕は彼と一しょにいるような気がする。

今日もアメリカの空は青く高く広がる。この空は、ずっと日本まで続いているのだ」

主催した雑誌社は日本にあるので、表彰式は日本で行なわれた。男の子宛てに往復の航空券が送られてきた。父親が同行して表彰式に出席した。当日、自分の作文の朗読を求められた男子生徒は、スラスラと日本語で読み上げ、いろいろな質問にしっかりと受け答えをしていたという。アメリカ生まれのアメリカ育ちなのに日本語がとても上手だと、みんなから褒められたそうである。なお、その表彰式には、プロ野球ジャイアンツのホームラン王、王貞治選手もゲストで来ていて、男子生徒はサイン入りのボールをもらって大喜びだったそうである。

彼の作文の指導者として頼子にも注目が集まり、その雑誌社が発行している教育雑誌に執筆を依頼された。題は「日記による表現力の開花」とした。その中で頼子は、「アメリカ生まれのアメリカ育ちの子どもが、文部大臣賞に輝いた一番の原動力は、毎日せっせと書き続けた日記である」と書いた。

そして、「たのしい日記」に載った「鳴き虫」という彼の詩も紹介した。

先生は、鳴き虫のことを知っていますか。
鳴き虫は、クワガタです。
カブト虫にやられると鳴きます。

クワガタは、

「ぼくがもっと強ければやっつけるのに。」

と、いつも鳴いています。


頼子は依頼された原稿の終わりに、「日本の生徒とは違う生活環境ですが、本人の努力によってそれを立派に活かした健康的かつ繊細な作品が出来上がりました。日々の生活体験を基にした諸材料を整理させ、作文に集大成させるのが教師の役目ですが、根本材料の日記がどっしりと充備していたのです」と結んでいる。

男子生徒が受賞した「凧」の中に、「二年生の頃から書き続けた日記帳を積み上げると、もう七十センチの高さになる」と書かれているが、頼子はそれだけの日記を生徒につけさせ、それをもとに日本語の能力を向上させる指導を見事に果たしたと言える。

クリスマスパーティー

冬の到来が間近に迫ったある年の十一月、火曜教室の発起人の一人が、頼子と淳一に、

「火曜教室でもクリスマスパーティーをやりませんか？」

と提案した。頼子は「いいですね、やりましょう」と即座に反応した。

それを聞いた生徒の母親は「私たち、持ち寄りで食べる物を用意します」と嬉しそうに言った。

家に帰る車の中で、

「お母様方が食べる物を持ってきてくださるのなら、生徒のほうも何かをやって、お見せしなくてはね」

と頼子は言って、ハワイにいた時の話をした。頼子が教えていた日本語学校では、毎年クリスマスパーティーを開き、生徒たちが学芸会をして参列者に披露したのだと、懐かしそうに語った。もし火曜教室で学芸会をするとしたら、今回が初めてなので、手の込んだものにはせずに、やさしい簡単なものをしようということになった。日にちもあとひと月ほどしかなく、生徒にムリはさせられない。

次の週からは、勉強をしながら学芸会の練習もしなければならないので、二人はそれまでに間に合う演《だ》し物を考えていった。

最初に「挨拶」と名付けた演目を考えた。これは、横に並んだ生徒の一人が一歩前に出て、自分の名前を言うだけのパフォーマンスである。まず、生徒を横二列に並べる。頼子の教えている低学年を前列、淳一の教えている高学年を後列。最初は低学年の生徒が左から右へ順に名前を言い、次に高学年が同じように自分の名前を言う。その際、生徒はお辞儀をしてから、自分の名前を言うのである。

次に考えたのは「右、左」というもの。これは、小一と小二の演し物である。生徒らの右手には日の丸の旗、左手には星条旗の小旗を持たせる。先生が「右」と言うと日の丸の旗を上げる。「左」と言えば星条旗を上げる。「右、右」と言えば、日の丸の旗を上げたままにしておくというものだ。

三年生の演し物としては、「会う」と「合う」というのを考案した。生徒が二人前に出て、彼らの目の前に用意された椅子に座る。生徒の一人は「会う」と書いてあるものを頭にかぶり、もう一人は「合う」と書いたものを頭にかぶる。先生が文を読み、どちらかの「あう」の生徒が椅子から立ち上がる。「友達にあう」は、「会う」が正しいから「会う」のお面をかぶった生徒が立つ、といった具合である。

また、「物語の暗誦」というのは、教科書に登場する物語を生徒に暗誦させるものであった。これは低学年、高学年両方にさせる。教科書に良いものがなければ、別のものから選ぶ。まずは物語を生徒の数に区切る。当日までに覚えてこなかった生徒には、覚えている個所だけ暗誦させ、覚えていないところは本を見て読ませる。暗誦が不得意な生徒には強制せず、気を楽にさせて会に臨ませた。

さらに、「唱歌」という演し物では、「ふるさと」「もみじ」「たき火」「春が来た」などといった有名な唱歌を、低学年、高学年、全員といろいろ形を変えて歌う。クリスマスの日なので、「きよしこの夜」はすべての演し物が終わってから全員で歌うことにした。

クリスマス会当日、保護者の中には、まだ入塾していない幼稚園生を連れてくることがある。生徒の弟や妹たちである。年長組の子だと、小一や小二に混じって「右、左」ができる。そういう子が来ると、頼子は手作りのお面をかぶせ、演し物に参加させた。その子も喜ぶし、親も喜ぶ。彼らのほとんどが、小学生になると火曜教室に入塾した。

生徒の学芸会が終わると、待ちに待った食事会が始まる。お母様方が作ったおいしい料理が振る舞われ、生徒をはじめ参加者全員が和気藹々《わきあいあい》の雰囲気の中で楽しんだ。持ち寄った料理が重ならないよう、母親たちは連絡し合い、バラエティーに富んだメニューが並んだ。

学芸会の演し物が決まると、生徒たちは勉強をしつつ、クリスマス会の練習をやった。一か月前から練習をし、学芸会の前の週には予行練習も行なった。そこでうまくできない生徒には親に電話し、家庭で練習させた。その結果、彼らは当日、見違えるような良いパフォーマンスをした。

発表会当日、うまくいった生徒もいたし、思うようにいかなかった生徒もいたが、彼らは出来映えについてはほとんど気にしなかった。食事会はビュッフェスタイルなので、ご馳走を皿に載せると、気の合った友達とおしゃべりしながら、おいしそうに食べた。

最後に全員で「きよしこの夜」を歌ったが、低学年全員がお面をかぶる姿はとても可愛く見え、カメラを持参した保護者は夢中になってシャッターを切った。

作文コンクールでの受賞者が増えたのも、こうしたパフォーマンスを生徒たちが毎年しっかりと頑張ったおかげもあるのだろう。

一等書記官からの好意

すでに触れたが、大使館の昼食の時、頼子は持参の弁当を食べ、食後に火曜教室の生徒の日記をチェックする。同僚もそれを知っているので、頼子がランチを誘われることはなかった。

しかし、そういう頼子がランチに誘われた。しかも、外交官からである。気安い調子で誘われたので、頼子のほうも気軽に応じた。

相手は、野崎雄介という一等書記官で、政治班に所属している。若手の外交官で、二か月前に外務省から大使館に赴任してきたばかりだ。ハンサムな顔立ちをしていて、頼子の前を通る時、にこやかに挨拶する眉目秀麗の青年だった。好感の持てる外交官だと、頼子は内心思っていた。

ところが、どこを取っても申し分のない彼には、離婚歴があるという。本省からワシントンの大使館に赴任してくると、どういう素姓の人物か、どこからともなく聞こえてくるのだ。

バツイチだろうが何だろうが、頼子にはほとんど興味がなかった。自分には夫がいるし、大使館の仕事以外にも塾をやっている。頼子の同僚はランチアワーに外に行き、食べながら人の噂なんかをたっぷり話し合って帰ってくるが、頼子は他人のやっていることを羨む気はなかった。

しかし今日、野崎とランチに行くとなると、バツイチというのが気になった。でも、こちらからは訊くまいと心に決めた。

二人を乗せた車はマス通りを北上した。ウィスコンシン・アベニューとの交差点を左折し、駐車場に停めた。マス通りはいつも通勤で通る道だ。駐車場から向かいつつある建物は、いつも見慣れたビルだが、地下のレストランに案内されて頼子は驚いた。こういうところにこんなレストランがあるとは、ついぞ知らなかった。

フランス料理の店であった。二人はあっさりした料理を注文した。料理が来るまで、ワインを飲みながら二人は話し始めた。野崎は雄弁で、さまざまな話題を上手に話した。頼子はどちらかというと聞き役のタイプである。相手が一方的にしゃべっていても、うるさいとは思わず、じっと耳を傾けた。

フランスの話題が多く、料理のことからスタートし、美術館の話になった。ルーブル美術館はもちろん、他の著名な美術館の絵画について蘊蓄《うんちく》を傾けた。頼子も淳一とフランスへ行ったことがあるので、野崎の話についていけた。

「ところで、フランス語もおできになるんですか」

と頼子が訊いた。

「ええ、英語とフランス語、どちらもできます。でも、あれだけの文化を背負い込んだフランス語のほうに魅力を感じますね。いつか、フランスへ赴任できたらと思っています」

おたがいの出身だとか身の上のことは何も話さず、フランス料理を食べ、フランスの絵のことを主に話し合った。頼子には久しぶりのランチだったが、素敵な相手とすばらしい会話を交わせたことで、帰りの車中、心地よく気分が高ぶっているのを感じた。

大使館に着くと、別れしなに頼子が、

「とっても楽しかったです。本当にありがとうございました」

と礼を言って、深々とお辞儀をした。

「私のほうこそ、じつに楽しかったですよ。また、ご一緒しましょう」

野崎はにこやかに言った。

家に帰る途中、頼子は野崎という外交官からランチに誘われたことを淳一に話した。

「久しぶりのランチ、すごく楽しかったわ。料理もおいしかったの。それよりも野崎さんのお話、フランス美術のことが多かったけど、すばらしかった。絵の核心に触れながら、分かりやすく説明なさるの。さすが外交官ね。その仕事のすばらしさが、今日改めて分かったわ」

「すごい人なんだね」

「離婚歴があるらしいけど、人は見かけによらないわ。第一、夫婦の仲がどうだったのかなんて、外からは絶対に分からないしね」

淳一は、野崎がバツ一だということを初めて知った。てっきり妻子がいるものと思っていた。

これは手強《てごわ》いと感じたが、用心しなければいけないとまでは思わなかった。そういうすばらしい男性とランチを楽しんだ頼子に対し、ただ「それはよかったね」と思っただけだ。

野崎はおそらく東大出身だろう。淳一はかつて、東大出ということに何かしらの憧れを抱いていた時期があった。高校の時、東大を目指して頑張っていたが、胃を悪くしてしまった。胃に潰瘍《かいよう》があると分かるまであちこちの病院を回り、手術で切り取るまで勉強ができなかった。だが、自分が行けなかった大学の出身者に対し、やっかみの気持ちは起こらず、むしろ憧れを感じた。

二週間くらい経ったある日、頼子は野崎から再びランチの誘いを受けた。今度はイタリア料理だった。頼子は淳一とイタリアへも旅行した経験があった。料理を食べながら話は弾んだ。

「コロシアムへは行かれましたか」

野崎が頼子に訊いた。

「私たちが行ったのは夏で、毎日炎天下でした。私は日光に弱いものですから、主人だけが見に行って、私は木陰に立って遠くから眺めていました」

頼子が笑いながら言うと、

「遠くから眺めても、あの外観はすごいですね。西暦八〇年頃に建てられたと言うから驚きます。卑弥呼《ひみこ》の邪馬台国《やまたいこく》より百年も前のことです。その頃、中国にはすでに漢字文化がある。それと比較すると、日本の文明が開化したのは、奈良の平城京や京都の平安京でのことなので、かなり遅い。それ以前にすごい文化を持っていたのは、なんと言ってもローマ帝国と中国ですね。ローマ以前にはギリシャ文明がありますが、ローマの遺跡はヨーロッパの至るところに残っていて、しかもどっしりと力強い」

女性と食事をしながら話すにはいささか固い話題だが、野崎の話は分かりやすかったので、頼子は料理を食べながら気楽に聞けた。加えて頼子は聞き上手で楽しそうに聞くため、野崎のほうも気分良く、上手に話すことができた。野崎は今回も頼子を夢心地にして、仕事場に送り届けた。頼子は気分爽快のまま、午後の仕事をあっという間に終えた。

帰りの車中、淳一はしばらく沈黙を通した。口火を切ったのは頼子であった。

「今日は、イタリア料理だったの。私、日光に弱いから、ローマの遺跡はあんまり見てないでしょう。それが分かったら、すぐに遺跡のことからローマ帝国の全体像や文化のすばらしさについて滔々《とうとう》と語り始めたの。日本の古墳時代とどれくらい時間差があるのか、改めて知ることができたわ」

「それはよかったね。何でもよく知っていて人を飽きさせない。まさにそれが外交官に求められる資質なんだろうね」

淳一の言葉に裏表はなかった。頼子が楽しい時間を過ごしたと言うと、そのとおりに受け取るタイプの男だった。そういう性格を知っているので、頼子のほうも思っていることは口に出してはっきりしゃべった。

「野崎さんだけがすごいんじゃなくて、外交官というのはとても難しい試験を突破したから、みんなすごい人だと思うわ。野崎さんにランチに呼んでいただいて、外交官という仕事のすばらしさが改めて分かり、よかったわ。でもね、外交官はみんなが野崎さんみたいにいい感じの人ばかりじゃないの。いやな奴もいてね、いやいや挨拶する人もいるわ。私がどう感じているのか、相手にも伝わってるかもね。これからは尊敬をこめて、いい挨拶を心掛けるわ。そのほうが受付としては楽だもの」

「ランチの効果は絶大だね。君にとてもいい影響を与えている。すばらしいことだ」

淳一は頼子の気持ちを思って相槌を打った。

「うちの塾にも、外交官のお子さんがたくさん来ているでしょう。とにかく、ワシントンには日本からすばらしい人がいっぱい来ていて、そういう方々のお子さんがうちの塾に来ているから、しっかり面倒を見ないとね」

淳一は頼子の柔軟な考え方に目を見張った。野崎のすばらしさから一転、教えている塾の生徒へと目を向けている。淳一は頼子が今何を大切にしているかがよく分かった。

それから十日ほど経った木曜日のこと、野崎は受付の頼子のところに来てこう言った。

「明日は金曜日ですが、ディナーをご馳走したいのです。ご都合はいかがですか。そこはダンスもできるフロアもあって、食後にダンスを楽しめるんです」

野崎が東大でダンスクラブに入っていたこと、学生のダンス大会で良い成績だったことは頼子の耳に入っていた。急な誘いで驚いたが、頼子はうろたえることなく、ニコニコしながら、こう答えた。

「それは素敵ですね。主人が少しはダンスができるものですから、私もリードされて踊りはします。でも、私たちは出不精ですから、そういう場所があるなんて、長くワシントンに住んでいるのに知りませんでした」

頼子がスラスラ答えたので、イエスかノーかどちらなのか、野崎は固唾《かたず》を飲んで返事を待った。

「前にお話ししたとおり、私は大使館、主人は銀行の仕事をしながら、二人は塾のほうでも忙しくしています。塾のほうは準備が大変で、お休み返上で取り組んでいます。お招きいただいてとてもありがたいのですが、そのような事情で時間が取れません。本当に申し訳ありません」

その返事を聞くと、野崎は困惑した表情を浮かべながら、しばらくの間黙っていた。相当な打撃を受けたのは明らかであった。もちろん、断わられる可能性があることは、頭では考えていた。しかし二回のランチはいずれもうまくいった。話も弾み、おたがいにすごく楽しい時間を過ごすことができた。自分の思い込みではなく、間違いない。そうであれば、次は一歩進んでディナーに誘おう。野崎は期待を膨らませてチャンスを窺っていた。

しかし、野崎はすぐに立ち直った。さすがに外交官らしい臨機応変さで、頼子が想像もつかないことを言って、気まずい空気を一変させた。

「照喜名さんが塾をなさっていることは伺っています。すばらしい塾だと評判ですね。受付のお仕事を立派にこなしながら、塾のほうも全力でやっている。本当にすばらしいことです。じつは、私の兄も外交官で、今本省にいます。二人の子どもがいるのですが、いつかワシントンにも来るでしょう。その時は是非、照喜名さんの塾に行くように言っておきます」

意外な方向に話は進んだが、野崎のディナーの誘いはこれで円満に決着がついた。

帰りの車の中で、頼子は野崎とのやり取りを淳一に話した。

「行ったらよかったのに。塾の準備で大変なのは本当だけど、それはどうにかなるよ。惜しいことをしたな」

それは淳一の本心だった。野崎のすばらしさを耳にしても、自分は彼より劣るからと卑屈にならず、ジェラシーも持たなかった。良く言えば心の広い人間であり、悪く言えば男女の機微に疎《うと》い男であった。

「あなたがそう言ってくれて嬉しいわ。野崎書記官とディナーに行けば、ひょっとして噂にもなるし、マイナスになるかもしれない。それよりも、塾をしっかり守ることのほうが大切だから、その線で頑張りましょう」

アメリカに来て、力いっぱい生きている女性の姿があった。淳一はそういう女性と日々暮らしを共にし、塾という共通の働き場で力を合わせているのを実感し、これからも二人一緒に充実した人生を送ろうと誓った。

しばらくして、野崎はワシントンを去った。何年か経ち、野崎の兄が日本大使館に赴任してきた。二週間くらいして、受付の頼子のところに来るとこう言った。

「弟から、照喜名さんの塾のことは聞いています。是非、子どもたちを入れるように言われています。入れてもらえるまで少し待つようですが、空きができたらよろしくお願いします」

ランチをご馳走してくれた野崎雄介の颯爽とした姿が蘇《よみがえ》った。言ったとおりのことを実行してくれたのだ。頼子は改めてすばらしい彼の人柄に心を打たれた。

しばらくすると空きができたので、二人の子どもは火曜教室に入塾した。二人とも日記を頑張って書き、作文の力をつけ、コンクールで賞をもらった。

ワシントンに赴任してきた人の中には、帰国後何年かすると、重要なポストに就くことが多い。しばらく後のことになるが、ある日、淳一がテレビのニュース番組を見ていると、野崎雄介が国連の重要機関の事務局長に選出されたことを報じていた。

国連の重要機関の事務局長は、その業務に関係する各国の外交官から選ばれる。実力、人柄、語学力などの総合力で秀でた者が選ばれる。優秀な人材が集まる中で、日本人が事務局長に選ばれるのは名誉なことであった。外交官としての輝かしい道をまっしぐらに進んでいる野崎の雄姿に、淳一は遠く過ぎ去った日に、懐かしく想いを巡らせていた。

V　郊外での新生活

一軒家を購入

頼子と淳一は、正規の仕事の他に塾もしていたので、手間も時間も取られて大変ではあったが、一家の収入は安定して生活は楽になった。そこで、これまではアーリントンでのマンション暮らしだったが、一軒家を買うことにした。

ワシントンDCだと環状線の内側は高く、外側のほうが安い。そんな事情を考え、隣接するメリーランド州やバージニア州の郊外の家々を見て回った。なるべくならば新築がいいと考えていたので、不動産業者に話して新築の掘り出し物を探してもらった。

やがてバージニア州の郊外に、良い物件が見つかったと連絡が入った。行ってみると、「これくらいならいいだろう」と二人はすぐに気に入った。建物の種類はスプリットという形式で建てられていて、半地下もある。この形式は、敷地を有効に活かすために住宅を分割（スプリット）して建て、採光とプライバシーの両方を確保したものだ。なお、購入の決め手になったもうひとつは、車による通勤時間がそんなに長くはかからないことだ。

前庭と後庭（バックヤード）には広範囲に芝生が広がり、毎週芝刈り機で刈らねばならなかった。また、家の周囲は豊かな自然に囲まれているので、鳥のさえずりを聞き、リスが木々の間を駆け巡る様子を見ながら、芝刈り機を動かすのである。アメリカの映画やホームドラマでよく見かける情景であるが、淳一は大いに楽しみながら芝を刈った。

前庭に樹木もたくさん植えられていたが、淳一は木の周りを花壇にした。どうせなら季節ごとに咲く花を植えれば、一年中楽しめる。春に植えるチューリップがここの土壌に一番合っているのが分かると、早速植えた。色とりどりのチューリップが鮮やかに大きく咲いているのを見て、散歩で通りかかった人はみな、淳一が庭仕事をしていると、とてもきれいだと褒めてくれた。

恵まれた環境の中にある住居に満足し、庭仕事を楽しむ淳一であったが、芝生を刈っているとき、胸が痛むことがあった。雲一つないはるか上空を飛行機が飛んでいて、近くのワシントン・ダレス空港に向かっている。けれどなぜか、上空から爆音は聞こえない。こんな時、沖縄の実家のことを思い出し、胸が痛むのである。

淳一の住環境と比べ、実家に鳴り響く米軍機の爆音はどうだ。普天間飛行場から飛来するおびただしい飛行機は耳を劈《つんざ》くばかりの轟音で通り過ぎる。あのままでは、普天間の人びとは本当に大変だ。いつまで米軍は基地を占領し続けるのだろうか。どうにかしなければならない。それを思うと、淳一はアメリカの恵まれすぎた環境を手放しで喜べなかった。

引っ越しも終わり、家具だとかカーテンなど必要なものを購入すると、一応新居としての装いができた。そこで二人は火曜教室の生徒を家に招待した。いっぺんに全員を招待できないので、いくつかのグループに分けて招待した。

保護者が子どもたちを車で連れて来て、彼らを降ろすとすぐに帰った。生徒たちはみな、普段着ではなくよそ行きの洋服を着て来た。自分たちの家はもっと豪華なのに、それに気付かず、先生の新居を眩《まぶ》しく感じ、気持ちが高ぶっているように見える。

子どもたちは頼子が作った料理やデザートをとてもおいしそうに平らげた。地下のレクリエーションルームでトランプやいろいろなゲームをして楽しんだあと、親たちのお迎えが来て帰っていった。実子のない頼子と淳一は、生徒との力いっぱいの触れ合いにより、寂しさを感じることはなかった。

沖縄の家族と復縁

実家との交流は、淳一の代わりに頼子が行なうことで少しずつ回復していった。アメリカに来て落ち着くと、頼子は淳一の弟妹に手紙を送った。すると、彼らも沖縄の家族の安否を知らせてきた。

淳一がマスター（修士号）を取り、銀行に就職したので、家族のみんなは安堵していた。一応、順調にアメリカ生活を送っているものと判断し、手紙による交流が始まり、次第に発展していった。淳一を勘当した父親も少しずつ手紙を寄越すようになった。

ある時、頼子の母親が病院に入院したという報せが届いた。頼子と淳一はすぐに大阪を訪れ、母親を見舞った。渡米以来、初めての帰国であった。母親は乳癌《がん》と診断されたが、高齢なので進行も遅く、しばらくは手術をしないで治療するのだと言った。

数日後、久しぶりに沖縄に立ち寄った。すると、心からの歓迎を受けた。来島したその日、親戚一同が照喜名家に集まり、ご馳走でもてなしてくれた。帰る日の前日も宴会が催され、最後に各家から餞別までもらった。

ワシントンには日本のような長い梅雨はない。だが時折、短い梅雨が訪れる時もあった。その短い梅雨が来て終わる頃に、淳一の父親から手紙が届いた。一度ワシントンを訪れたいと短く書かれていた。父の元太郎は後添いをもらい、子も授かっていたが、その子が小学校六年生になっていた。ワシントンには親子三人で訪ねたいと希望していた。

滞在は一週間であったが、淳一と頼子は休暇を取り、三人をもてなした。淳一がワシントン市内を案内し、頼子は料理を作った。連日三十五度を超す猛暑であったが、三人は元気でワシントン中を見て回った。元太郎はこの頃カメラに凝っていて、あっちこっち撮りまくった。この旅行で父はアメリカにすっかり魅了されたようで、帰国後、会う人ごとにアメリカを礼讃していたという。

父親一家がアメリカに来てから二年後、伯母の政子が骨折し、勝連《かつれん》の病院に入院していることを妹からの手紙で知った。淳一は小さい時、彼女のことを「ぼくのおばさん」と勝手に付けた愛称で呼んでいた。じつの母親以上の、特別な愛情を育んだ大切な恩人である。

淳一の父元太郎は戦前、沖縄の師範学校を出ると北谷《ちゃたん》で教師をした。同僚の女性と恋愛をしたが、両方の父親が二人の結婚に反対した。元太郎は長男であり、相手の女性は二人姉妹の姉で、入婿を必要としたのが理由だった。

失恋した元太郎は東京へ行き、教師をしながら私大の高等師範へ通った。元太郎が東京へ行くに当たって、祖父は姉の政子も同行させた。政子は一度結婚したが若くして夫を病気で失っている。祖父は政子に、東京へ行く息子を見守ってほしいという親心があった。

政子は東京の大塚でおでん屋を営んだ。客の相手が上手で評判がよく、店は繁盛した。元太郎がたまに立ち寄ると、政子は心をこめてもてなした。当時、元太郎の生活は貧しく、食べる物も十分ではなかったが、伯母のところへ来ると腹いっぱい食べさせてもらえた。

しばらくして元太郎は、沖縄にいる父を東京に呼び寄せたが、間もなく脳溢血で他界した。そのうちに政子の仲介で聖子という女性と結婚、二人の間に淳一が誕生した。

やがて日中戦争が始まり、国中が暗い雰囲気に包まれてきた。ほどなく太平洋戦争に突入し、物資が不足して食糧をはじめほとんどが配給になった。米軍の空襲が激しくなり、一家は熊本に疎開した。政子のおでん屋の客の一人が熊本出身だったので、その縁を頼ったのである。伯母と三歳になったばかりの淳一が先に疎開し、しばらくしてから元太郎夫婦が続いた。

熊本に向かう汽車の中で、淳一があれも食べたい、これも食べたいとおいしいものばかりを言うので、周囲の乗客はびっくりしたという。政子のおでん屋で年中食べさせてもらったものを言っただけだったが、食糧難の当時には夢のような話に聞こえただろう。

戦後、一家は東京へは帰らず、沖縄に向かった。以来、伯母の政子もずっと元太郎一家と生活を共にした。淳一の母聖子が病死した後、政子が主婦代わりとなって一家を支えた。

妹からの手紙を読んだ淳一は、すぐに帰国することにしたが、政子を見舞う前に大阪へ向かった。頼子の母親も高齢で病気のため、今は自宅療養の日々を送っている。そこで淳一と頼子は先に大阪へ立ち寄り、その後沖縄へと向かった。

伯母を見舞いに行く時、妹の車で行った。その際、淳一は妹にラジカセと音楽テープを用意してもらった。一つは「芭蕉布《ばしょうふ》の歌」で、もう一つは「加那《かな》ヨー天川《あまかわ》」の歌である。なんでそんなことを頼んだのかというと、淳一は伯母にダンスとカチャーシーを見せようと思ったからだ。「芭蕉布の歌」は三拍子なのでワルツが踊れるし、「加那ヨー天川」のほうはカチャーシーが踊れる。

淳一はこれまで正式にダンスを習ったことはないが、自己流で覚えた。かつて普天間にはダンス教習所があった。男女は二組に分かれて座り、曲が流れると、踊りたい相手のところへ行ってダンスを申し込む。そこに来ている女性はある程度ダンスができるので、淳一は初心者だが、女性に申し込むとダンスを教えてくれた。

もちろんダンスの教師もいるが、教師から教わるとお金がかかる。学生の身分の淳一は、来ている女性から、ただでダンスを教わった。ワシントンに来てからは、淳一が頼子にダンスを教えた。クリスマスだとか、おたがいの誕生日に二人はダンスを楽しんだ。

淳一はこれまで、政子のことを少しずつ話してはいたが、今回の目的は伯母の見舞いなので、飛行機での会話はもっぱら伯母の話が大半を占めた。会話を交わす中で淳一は、伯母の病院に行ったら、そこで二人のダンスを披露しようと持ちかけてみた。すると頼子は喜んで賛成してくれた。

二階建ての病院は高台にあった。そのせいか、真夏だというのに涼風が心地よく吹いていた。各病室にも冷房が付いていたが、それを使わずに窓を開け、風を入れていた。

伯母はベッドに横たわっていたが、淳一を見ると、涙を流して喜んだ。

「アメリカからここに来る飛行機の中で、頼子にはおばさんのことをたくさん話しておいたよ。おばさんと二人で東京から熊本へ疎開に行く時のこと、覚えているだろう。あれが食べたい、これも食べたいと、無い物ねだりをして困らせて、周りの乗客がびっくりしていたことも話したよ」

淳一が疎開先へ向かう列車での出来事をさもおかしそうに話すのを聞いて、伯母はとても嬉しそうにしていた。

話し終わると、妹に頼んでラジカセにテープを入れてもらった。曲が流れ始めると、淳一と頼子は踊り始めた。伯母のベッドの脇にはかなりスペースがあったので、小さめのステップで踊るには充分だった。スイッチを押すと、ちょうど上半身のあたりでベッドを高くすることができる。伯母はそうやって見やすい位置から二人の踊りを見ていた。

初めは歌曲「芭蕉布」でワルツを踊った。芭蕉布というのは、イトバショウの繊維を使って織られた布のことで、五百年の歴史を持つ沖縄を代表する布である。音楽の「芭蕉布」のほうは、ハワイ生まれの沖縄系三世クララ新川が昭和四十年に初めて歌った新しい曲だ。歌詞には芭蕉が風に葉をなびかせる姿を擬人化した一節があり、沖縄の人びとのチムグクル（心根）、イチャリバチョーデー（一度会ったら皆兄弟）の精神がこめられている。政子との再会にふさわしい曲だと思い、淳一は選んだ。

部屋の外からも踊っているのが見える。廊下を歩いていた人が立ち止まってダンスを眺めていると、それにつられてたくさんの人が集まってきた。

次は「カチャーシー」になった。大勢の手拍子が起こり、廊下で踊る人もいた。みんなが手拍子でカチャーシーを踊っているのを見て、伯母はとても喜んだ。

カチャーシーの踊り方は、盆踊りのようにも見えるが、そよ風を表現するように柔らかく腕を動かし、男性は手のひらで拳を作り、女性は平に開いて踊る。決まった踊り方はなく、めいめい好き勝手に踊る。人生の喜怒哀楽をみなで分かち合うというのが本来の意味らしいが、沖縄では誰かが踊り始めるとその場にいる全員が参加し、大きなうねりとなって踊りの輪が広がっていく。

一階の病人のうち、上まで来られる人は見に来たというので、淳一はもう一度踊りましょうかと提案した。みんなが拍手をしたので、もう一度踊ることになった。

今度は廊下に出て、そこで踊った。伯母も見やすいように、ベッドを廊下のほうに寄せた。カチャーシーになると、今回もみんなが踊り始めた。踊りが終わると、全員が二人に大きな拍手をくれた。

「私たち、アメリカから伯母の見舞いに来ました。皆さんとカチャーシーを踊れて、とても嬉しかったです」

淳一が皆に向かってそう言うと、また大きな拍手が起きた。

踊り終わったあとも、しばらく伯母と語り合った。顔はやつれていたが、淳一が話すのをしっかり聞いていた。伯母の政子が一家に尽くしてくれた貢献は計り知れないが、淳一があれこれと昔のことを思い出しながら話すのを、嬉しそうに聞いていた。

そのうち、伯母は疲れたのだろうか、次第に夢見心地の様子となり、眠りに入ろうとしていた。そんな伯母を見て、淳一と頼子はそろそろ引き揚げようと思った。

「元気でね、また来るからね」

別れを告げる淳一に、伯母は頷きながらそっと目を閉じた。穏やかな様子を見ながら、二人は暇《いとま》を告げ、妹の車で帰った。

大きなコンクールへの挑戦

戦後、日本経済が右肩上がりに伸びていくにつれ、海外に派遣される人の数は増えていった。海外に駐在する者は大体が家族ぐるみでやって来るが、ほとんどの家族には子どもがいる。親たちは日本人学校や補習校に通わせ、子どもたちの日本語習得の向上を目指すと同時に、日本語力が低下しないよう保持に努める。こうした海外子女の日本語教育に、日本政府の援助の下に取り組んでいる機構が、海外子女教育振興財団である。

その財団が、海外子女文芸作品コンクールを主催することになった。これまでは、塾の生徒の作文は、雑誌社が主催するコンクールに応募してきた。すでに触れたが、「凧」という作文では、頼子の指導によって、男子生徒が文部大臣賞を受賞している。

そこへ今度は、海外子女教育振興財団が作品を募集するという。これまでどおり、日本語学校を通じ、雑誌社に出すか、それとも海外子女教育の総元締めである海外子女教育振興財団主催のコンクールに出すか、頼子は迷った。

困った頼子は、淳一に相談してみた。

「財団に送るというのは、大転換だね」

淳一はそう言いながら、どっちにするか迷っている。

「財団がコンクールを主催し、海外子女にそれを呼びかけるということは、応募者がすごく増えることになると思うわ。雑誌社と財団では規模が違うから」

頼子はこう分析しつつ、財団の主催する規模の大きなコンクールへ応募させてみようと、決意した。

「大きな闘いになるけど、火曜教室も総力をあげて挑戦してみたいね」

そう言いながら、淳一も胸の高鳴りを覚えた。

海外子女教育振興財団主催のコンクールは、作文の他に詩、短歌、俳句も扱っている。締め切りは七月三十一日なので、頼子と淳一は四月初めから火曜教室の生徒に取り組ませることにした。

これまでの雑誌社のコンクールと同じように、頼子は生徒の書く日記から作文の題を決め、それが決まると少しずつ生徒に書かせていった。日記から題が見つからない場合は、母親たちと話し合い、子どもたちにふさわしいテーマを探した。

淳一も同じやり方で生徒に作文を書かせていった。ただし、生徒が本来取り組むべきペーパーを先にやらせて、時間に余裕があれば作文を書かせるという方法を取った。

塾での勉強時間は二時間という制約があるので、学課と作文の両方をこなすのはムリな話だ。そこで頼子は、母親たちが子どもを迎えに来た時、作文のテーマを何にするか、家のほうで子どもたちに教示してもらえるようにお願いした。

ただし、書かせてみて思うようにいかない場合、親が代わって作文を書き、それを子どもに写させることは絶対にしないよう、強く念を押した。その結果、下手な作文しか持ってこなくてもそれでいいと言明した。

「入選とか賞を取るのだけが目的なら、親が書いてそれを子どもに書き写させるのが手っ取り早いけれど、それでは名誉はもらっても、子どもの作文力はつかないですからね」

それはまさに正論なので、親たちも頼子のやり方に賛同した。

しかし、それではコンクールに勝てない。これまでの経験から、頼子にはそれが分かっていた。そこで、上手な生徒の作文は手を加えずにそのまま応募させた。一方、力のない子の作文は、独力で最後まで頑張ったのを見届けてから初めて文章を直してあげた。

しかし、それはあくまでも生徒の作文を土台にし、文体を整えることだけに専念した。親にはお手本をお願いしなかった。親が洗練された文体に仕上げてしまうからだ。そうすると、子どもらしい、たどたどしい文体でなくなってしまう。

淳一は、どうやって生徒の作文をコンクール用に仕上げていくか、試行錯誤した。それで、自分流のやり方を考えた。

その方法は次のようなものだ。原稿用紙五枚以内で仕上げる、という条件であれば、まず一枚か二枚を生徒に書かせる。次に、それをどう伸ばしていったらよいのか指導する。それに沿って生徒が三枚まで書いてくると、今度は結末に向けての展開を生徒に示唆し、生徒はそれを元に、最後のまとめまで持っていく。

この方法だと、頼子が生徒に書いてあげる「お手本」は不要になる。実際にやり始めると、淳一がお手本を書く必要は一切なくなった。淳一は「インストラクション」という指導書を、すべて赤ペンで書いた。これは親たちの間で、「赤ペンのインストラクション」と呼ばれ、好評を博した。

頼子と淳一は作文だけでなく、詩や短歌や俳句などコンクールが募集するすべてのジャンルに挑戦させたが、そのためにひと工夫加えた。それまでは、生徒の生活体験や旅行などを題材にしていたが、コンクールに向けて新たに考えたことがあった。頼子は一年を通じ、見たもの、考えたものを詩や短歌や俳句用としてメモしておいた。

散文とはまったく違う、短詩系の作品というのは、いきなり作れと言っても難しい。ましてやこれまで鑑賞すら満足にしていない子どもにとっては、どうやって手を付けたらよいか戸惑う。そこで頼子は、どうしても思い浮かばない生徒には、自分がメモした情景を口で言って聞かせ、それを元に作品を作らせていった。それらは生徒の生活体験に基づいたものではないが、情景自体は生徒の頭の中にある。そこから五、七、五あるいは五、七、五、七、七に作り上げていける。頼子は生徒の作品を添削し、コンクール用に仕上げていった。

淳一は、旅行した時の写真や絵葉書などを参考にし、そこから詩や短歌、あるいは俳句に作り上げていく資料にした。作文は長い時間をかけて作り上げるが、短詩系作品の場合だと、閃《ひらめ》きやインスピレーションが大事なので、比較的短い時間で作ることが可能である。

それでコンクールの締め切りが近づくと、淳一は生徒たちに自宅から写真や絵葉書を教室に持って来させた。そして、通常の勉強を半分にし、残りの半分はそれらを見て作品を作らせることにした。

写真や絵葉書を見てすぐに作品を作れる生徒には添削だけをしたが、それができない生徒には資料を見ながらまず文章を書かせた。そして次に、自分が書いた文章をもとにして詩や短歌や俳句を作らせた。

生徒が作品を作り上げていく過程で、頼子は淳一にアドバイスを求めることがあった。それは、淳一に力があったからではなく、頼子にはどうにかして生徒を入選させたいという強い思いがあったからだ。そのため、もし淳一に自分では思いつかない良いアイディアがあったら、それを作文に反映させようと思ったからである。

頼子がアドバイスを求めたのは、最後の部分が多い。どう作文を締め括るか、もっとも肝腎なところである。頼子はずっと作文のほうに関わっているので、どうしてもありきたりの結びしか思いつかない。そこへいくと、淳一は初読なので、かえって斬新なアイディアを思いつくかもしれないと期待したのだ。事実、あっと驚く良いアイディアが閃くこともしばしばあって、さすが淳一だと嬉しくなった。

このように、夫婦協働で指導した作品は入選することが多く、その数が増えていった。これに味を占めた頼子は、アドバイスが必要な時は淳一に頼み、淳一も快く応じた。

財団主催のコンクールの魅力は、すぐれた作品は財団発行の『地球に学ぶ――海外子女文芸作品コンクール作品集』という冊子に掲載される点だ。受賞作の中で一番良いのは文部大臣奨励賞だが、その他にも九つほど別の賞があって、それらはみんな本に載るのだ。

その次が特選作品で、小一から中三までの学年ごとに選ばれるのではなく、全学年から四、五点が選ばれる。これらはみんな本に載る。

次に優秀作品で、各学年から二～五人が選ばれる。もちろん、みんな本に掲載される。作文の場合、全世界から各学年五百人前後の応募があるが、その中から各学年で平均五人くらいが本に載る。本に載るのはとても名誉なことだが、いかに難しいか、応募の数をみれば分かる。

次に佳作だが、入選者には盾と賞状が贈られてくる。こちらのほうも、各学年五百人の中から三～五人であり、とても難しいといえる。

このように、財団の文芸作品コンクールには応募者が大勢いるので、入選するのは難しい。しかし頑張って何かの賞をもらえれば、子どもたちにとっては励みになり、一生の思い出となるだろう。すぐれた作品は本に載るし、佳作でも財団から盾と賞状がもらえるのだから生徒の親たちも期待した。頼子と淳一のほうも、コンクールの時期が近づくと、生徒たちに頑張るよう力づけた。

コンクールの当初は入選者が少なかったが、年々増えていった。火曜教室では、日本語学校を通してコンクールに応募しているので、入選した者は日本語学校の校内新聞『はなみずき』に氏名が発表される。そのほとんどが火曜教室の塾生であるから、親たちはみな、教室の指導力がいかにすぐれたものかを感じていた。

入選者を多く出した学校には、学校賞が与えられる。日本語学校は毎年学校賞をもらうようになり、校長は自分の指導力が功を奏したと自慢げに吹聴したが、入選者のほとんどが火曜教室の出身者であることを知らなかった。

財団のコンクールで頼子と淳一は力を合わせたが、心の中ではライバル心もあった。どっちが多く入選者を出すかの競い合いである。作文だけではなく、詩、短歌、俳句すべての入選者が対象であったが、ほとんど毎回、頼子が勝利した。どっちが勝っても、勝利宣言などはしない。どちらのほうが多いか、入選者の名前を見れば一目瞭然だからだ。勝った方は、口には出さないが、しばらくの間、いかにも自慢気な顔を見せていた。

二人の勝負では、入選者の数だけではなく、どちらが上位入賞者を多く出すかでも競い合った。全体的な数では淳一が上でも、最上位の文部大臣奨励賞か、その次の海外子女教育振興財団会長賞のどちらかを頼子の生徒がもらったら、勝負は引き分けになる。それほどトップの賞には重みがあった。

これは、ずっと後の話になるが、頼子の指導した作文の生徒が文部大臣奨励賞、淳一の指導した作文の生徒が海外子女教育振興財団会長賞をもらったことがあった。日本語学校では、全世界の応募作の中から補習校の生徒が一、二位を独占したという快挙に喜びを爆発させ、『はなみずき』紙上でも大々的に報じられた。もちろん校長は鼻高々であった。

頼子たち夫婦間では、一、二位をもらった喜びはあったものの、微妙なニュアンスの違いもあった。入選者の数では淳一が上だったが、トップの生徒を指導したのは頼子であったからだ。そのため、頼子からはしばらくの間、意気揚々とした気分が伝わってきた。

塾が始まった当時から小学校高学年の生徒もいたが、彼らが六年生になった時、保護者の間から中学部の開設を希望する声が上がった。淳一のほうは、もし他にも希望者がいるようなら引き受ける気でいたが、望む声が多くなったので了承した。しかし、中学部は淳一が一人で教えるのである。小学部の授業は八時で終わるので、中学のほうは八時から十時とした。その間、頼子は教えないで、生徒の宿題やその日にやったペーパーのチェックをした。

勉強だけではなく、作文の指導を通じて日本語の教育を大事にする火曜教室の存在は、徐々に人びとの間で評判になり、バージニア州側にも分校を作ってほしいという運動が起こった。火曜教室はメリーランド州のベセスダの教会で行なっていたが、バージニア州側から通って来る生徒も数名いた。火曜教室の開始は六時であるが、バージニア州の生徒は環状線で来るため、ラッシュアワーにぶつかると、半時間くらい遅れることはしばしば起きた。

そこで、バージニア州の親たちが中心となって、分校設立の運動が起こったのである。発起人が淳一に引き受けてくれるかどうか打診してきたが、二つの条件が満たされれば引き受けることにした。一つ目は、小学部と中学部の両方の生徒が集まるかどうか。二つ目は、教室を置く場所が確保できるかどうかだったが、二つともクリアできたので、引き受けることにした。

バージニア州の分校は、勤務先である銀行の許可が必要であった。授業が木曜日に行なわれるからである。なお、木曜教室の設立には、木曜教室と名付けた。火曜日の午後五時退社も容易ではなかったうえに、木曜日もとなると、銀行はなかなか首を縦に振らなかった。

淳一がねばり強く交渉を重ね、銀行が渋々それを許してくれたのは、淳一に対する評価が高かったからだ。日本の国内事情に通じているので、日本の経済状況を摑むのにはうってつけの存在であった。銀行がグローバル化の方向に進むのには必要な人材だと判断されたのだ。そればかりではない。淳一は銀行のあらゆる業務に精通しており、幅広くこなす力を持っていた。銀行にとって、これ以上便利な人材はいない。銀行ではよく、土曜出勤しなければならない事態も起きるが、出勤に当たっている者の都合がつかない時、淳一が代行することを提案してきたが、淳一は喜んで了承した。

木曜教室の生徒も、火曜教室と同様、海外子女教育振興財団のコンクールに参加した。すると、日本語学校のコンクールでの入選者は、前よりはるかに多くなった。その結果、ワシントン日本語学校は毎年のように財団から学校賞をもらった。学校賞はコンクールで入選者を多数出した学校に贈られるが、全世界の日本語学校・補習校で、一番多く学校賞をもらったのはワシントン日本語学校である。しかも、ワシントン日本語学校は、生徒が土曜日一日だけ勉強をする補習校なのだ。

両方の教室で頼子と淳一が作文指導をしっかり頑張ったおかげで、コンクールでの入選者を毎年多数輩出した。入選者の総数で一番多かった時は四十二人もいたが、そのうち火曜、木曜教室に通っている生徒が三十八人を数えた。

ワシントン日本語学校の派遣教員は校長と教頭二人で、残りは現地採用の教師である。四十二人の入選者を出すと、学校新聞の『はなみずき』には、入選者がずらりと並び、まさに圧巻であった。校長は鼻高々で、自分の手柄みたいに振る舞ったが、それに異を唱える者がいた。監理運営委員会の委員長である。この委員会は、学校運営の最高機関なのであるが、そこの委員長が校長に、

「入選者のほとんどは火曜、木曜教室に通っている生徒ではないですか。そこの二人の先生がコンクールに向けての指導をしっかりしています。日本語学校は二人の先生の指導で学校賞をもらったのですから、せめて二人の先生に学校から感謝状を出すべきです」

と提言した。

この二つの教室の噂は、これまでにも時折、校長の耳にも入っていた。だが、入選者四十二名中、三十八名が両方の塾生であるとは寝耳に水だった。校長は渋々従わざるをえなかった。じつはこのエピソードには裏がある。校長に感謝状のことを提案したのは、その委員長も二人の息子を火曜教室に通わせていたからだ。当然、両方の教室の親たちから、コンクールに何人入選しているのか聞いているし、息子たちが普段から頼子や淳一から指導を受けていることは熟知している。委員長にしてみれば、自分の手柄みたいに振る舞う校長に反省を促し、感謝状を出させるのは当然のことであった。

当時、日本語学校の事務局は大使館の中にあったが、ある日突然何の連絡もないまま、校長自らが感謝状を持ってやって来た。そして、受付の頼子のところにおもむろに感謝状を手渡した。突然のことで頼子はびっくりしたが、

「とっても嬉しいです。これからも生徒の作文指導を頑張ります」

と素直にお礼を述べた。

帰りの車の中で、頼子はその感謝状を淳一に見せた。淳一もびっくりしたが、嬉しさがこみ上げてきた。これまでやってきた努力に対し、たった一枚の紙から、感謝の気持ちがずっしりと伝わってくるようであった。これまで、生徒たちは賞状や記念品をもらっているが、指導してきた二人は何ももらっていない。二人は子どもみたいな気持ちになって、いいものをもらったと嬉しく感じた。

入選者はことごとく火曜教室、木曜教室の入塾者であることは人びとの知るところとなり、保護者は校長に、日本語学校の先生方も、作文指導にもっと力を入れてほしいと要請した。

すると校長は、毎月行なわれる職員会議でこれについて話し合ってほしいと議題の一つに取り入れた。ところが、学校には職務規定というものがあり、教師はどういうことをしなければならないかが細かく記載されている。

「塾では作文指導をしているそうですが、コンクールに向けた特別な指導のようです。こちらは、補習校の教育指導に則《のっと》った指導はできますが、それ以上はムリです。生徒に教える学科の予習、生徒の宿題のチェック、そのほか日々の指導計画の作成など、やることがいっぱいです」

これは、何年か前に頼子を日本語学校から追いやった首謀者、池内の発言だが、他の先生方もこれに同意した。誰もがこれ以上時間を取られたくない、というのが正直な気持ちだった。

結局、その日の職員会議で決まったことは、各種のコンクールへ参加するよう生徒に呼びかけはするが、教師は指導しないということになった。職務規定にはその文言が書き加えられた。

学校側はこの規定を盾に、保護者から出されていた作文指導の要請をはねつけた。これはたちまち噂となってワシントンの邦人コミュニティに広がったが、その反動として火曜、木曜教室の名声は高まっていった。その効果は絶大で、入塾者が目に見えて多くなり、ウェイティングリストを作って順番待ちしてもらうほどになった。最盛期には、両方の生徒数は百名を超えた。この時の日本語学校の在籍者はおよそ四百名であったから、じつに四分の一の生徒が塾に通っていたことになる。

銀行に入行したばかりの頃、淳一は土曜日になるとアメリカ議会図書館へ行って博士論文の資料集めをした。そこへ、火曜教室がスタートした。塾の主軸はあくまでも頼子であり、淳一は補助的な存在であった。それで、土曜日は博士論文の準備に向けることができた。

夫婦力を合わせて頑張ったので、塾は発展していった。中学部もでき、高校の部も少人数だが開設された。中学、高校は淳一が担当した。思えば長い道のりであったが、今では確固たる位置を築き上げたと自負できる。

その後、火曜教室の好評によって、バージニア州に木曜教室がスタートした。間もなく、生徒数も火曜教室と同じくらいになり、二つの教室を合わせると百人を超えた。しかしながら、ひとつ大事なことが抜け落ちてしまった。それは淳一の博士論文である。塾がこれほど大きくなる前は、土曜日にアメリカ議会図書館に行って勉強できたが、今ではまったく時間が取れなくなっていた。

恩師と生徒の死

博士論文が遠のいていく中で、淳一は一抹の寂しさを感じていたが、一方では日々の生活に全力投球しているという充足感があった。夫婦共に正規の仕事がありながら、副業として夫婦でやっている塾が、人びとの信用を得て発展していくのは励みとなった。

そういう日々を送っていたある日、恩師の橋岡教授が他界された。脳梗塞であった。大学の講堂で行なわれた葬儀には、アメリカ全土から多数の学者や教え子が参列した。

葬儀は盛大であったが、奥様の悲痛な姿を拝見し、淳一と頼子の胸は痛んだ。かつて淳一の修了記念にと、教授からディナーの招待を受けたことがあった。食後、夫人に素晴らしいピアノ演奏を披露してもらい、頼子と淳一はいたく感激した。演奏する夫人の晴れやかで気品に満ちた姿を思い出すと、二人は心中で慟哭《どうこく》した。

師の霊前に立った淳一は、学業を怠っている不徳を詫《わ》びた。そして、今は将来の日本を背負って立つ若人の教育に、夫婦で力を合わせて頑張っていることを報告し、再び博士論文に取り組むことを誓った。

例年のように多くの塾生を抱えながら、頼子と淳一は今日も指導に励んでいた。すると、第十回の記念コンクールで頼子が指導した生徒が文部大臣奨励賞を受賞した。喜びはそれだけではなかった。今回は特別に第十回を記念して、受賞した生徒は東京での表彰式に招待されることになったのである。表彰式には本人と保護者の一人が同行できるので、二名分の航空チケットが渡された。

文部大臣奨励賞に輝いた生徒は、木曜教室の小二の女子であった。作文の題は「リトル・

ティーチャー」といって、内容は次のようなものだ。

一人の女の子が、現地校のクラスで、「日本とアメリカのちがい」というビデオを見る。ビデオを見終わってから、生徒は女の子にいろいろと質問をし、女の子はそれに答えていく。するとクラスの生徒は、日本について興味を持つ。次の日は先生から、折り紙の折り方を教えてと頼まれると、女の子は、「きつね」と「ふうせん」を教える。

みんなで作った風船をふくらませ、嬉しそうに飛ばす。色とりどりの風船が、しゃぼん玉のように教室中を飛ぶ。女の子は、汗びっしょりになる。そして、アメリカの友達に、日本のことを教えるのは、大変なことだと理解させる。

女の子が帰る時に、先生が「今日は本当にありがとう。ユーアー・リトル・ティーチャー」とお礼を言う。すると、みんなも、「サンキュー・リトル・ティーチャー」と言った。

作文の結びは、「わたしは、とってもうれしくなって、これからもどしどし、日本のことが教えられるよう、がんばろうと思いました」というものである。

その東京での表彰式へは、頼子も一緒に自費で行ったのである。表彰式で頼子は、女の子と二人並んで立っている姿を誰かに写真で撮ってもらった。頼子はその時、お気に入りの取って置きの服を着ていたが、淳一は後でその写真を大きく引き延ばしてもらって自宅の壁に飾った。

四年後の第十四回コンテストで、頼子の指導した男の子が、またまた作文で文部大臣奨励賞をもらった。「ぼうし」という題である。その作文コンテストの一年前に、男の子は火曜教室に入塾した。その男の子は四歳の時から白血病と闘っていた。

男の子は作文にどう白血病と向き合っているかを書いた。

今まで頭の毛が生えていたのに、強い注射をしなければいけなくなると、男の子の頭から毛が抜け落ちていく。それで仕方なく、帽子をかぶって学校へ行く。頭に毛がないというのは、本人にはとても恥ずかしいからだ。

男の子は、現地校のクラスに行く時、帽子をかぶる。しかし、学校で帽子をかぶるのは、本当はいけないので、母親が前もって先生に頼んでおいた。担任の先生はクラスで、その男の子が白血病であることを伝える。そして、

「彼に、しつ問はありませんか」

と訊く。四人の生徒が手をあげ、みんな同じ質問をする。

「どうして、ぼうしをかぶっているの」

男の子は、訳を教える。すると、また一人が手をあげ、

「これでさい後にするから、一回だけ見せて」

と頼む。男の子は、しばらく考え、帽子を脱いで見せてあげる。その後も、質問が続く。

昼休みになり、事情を知らない隣のクラスの男の子が、男の子の帽子を取る。

「こら、取るな!!」

と男の子が叫び、男の子のクラスメートが帽子を取り返す。

学校では、帽子をかぶってランチを食べてはいけないので、カフェテリアで帽子をかぶってランチを食べていると、訳を知らない先生が、その男の子の帽子を取ろうとする。男の子は、いちいち訳を話さなくてはいけなかった。

そういうつらい目にあっていると、ある日テレビを見ていたら、大人の女の人が画面に映った。頭はお坊さんみたいにつるつるになっているが、美人である。そして、明るく楽しそうに笑っている。

男の子はいつも、学校で誰かに帽子を取られないだろうかとドキドキしていたが、テレビを見て、「そうだ。かみの毛がなくなったって平気だ!! それより早く病気をなおそう」と気付く。以上が作文のあらましである。男の子は受賞を喜び、勉強も頑張ったが、しばらく経ってワシントンを去り、日本へ帰った。

日本の医療は進んでいるので、白血病は治るものとばかり思っていたら、しばらくしてその男の子の訃報が届いた。日本に帰国していた友人たちは葬儀に出席し、男の子を見送ったという。その男子生徒の死は後日、新聞でも報じられ、頼子とその男の子との触れ合いにも言及していた。

頼子と淳一の家には、日本から取り寄せた仏壇がある。頼子は毎朝亡くなった両親、そして、若くして死んだ弟にお茶だとかお菓子などを供えていた。男の子の訃報以来、しばらくの間、頼子は線香を立て、声をあげてその男の子に語りかけていた。

評判の塾の先生

外交官夫人は、大使館に来る機会が多い。当然、彼女らは受付の頼子の前を通る。しかし、自分たちはエリートの妻という意識があるので、頼子が挨拶をしても無視して通り過ぎることもある。特に二、三人で通過する時は、おしゃべりに夢中になり、頼子の挨拶が耳に入らず、そのまま行き過ぎることが多い。

受付を無視する態度は、外交官にもけっこう多い。それはエリート意識にもよるが、自分は仕事に熱中すればいいのであって、受付には気を遣わなくてもいいという考えからくるのだろう。しかし、毎日毎日、いろいろな人が頼子の前を通っていく。頼子はどんな人にも丁重に挨拶をした。相手が挨拶を返さなくても、傷付くことはなかった。これは仕事の一環であり、望むような挨拶を要求するのは、ナンセンスだと割り切っていた。

ところが、夫人たちの挨拶する様子が少しずつ変わっていった。火曜教室をスタートすると、子どもを入塾させている夫人たちが、丁寧に挨拶するように変化したのだ。

すると今度は、挨拶する夫人の仲間がどうして受付に丁寧な挨拶をしたのか気になって、あの人はどんな人かと訊ねるのだ。

「うちの子を塾に通わせているの。そこの先生。ほら、作文の指導で有名でしょ」

これでみんなは納得する。こういうふうに、少しずつ頼子の力が認められていった。ただの現地採用の受付という見方から、外交官子女が通う塾の先生、それも評判の先生だと分かると、頼子の格はだんだんと上がっていった。

バブルの崩壊前、ワシントン在住の邦人間で、パーティーが盛んに行なわれた。特に、大使館の上級職員の帰国パーティーは盛大だった。当時はまだ、その費用を出す力が日本政府にあった。パーティーが開催されると、大使館員の夫妻、ワシントンに赴任している主だった人びととその夫人、仕事に関係のあった米国人夫妻らが招待された。頼子と淳一もよく招待された。ローカル職員なのに異例のことであった。

パーティーに招待される機会が増えると、頼子はお洒落《しゃれ》にも気を遣うようになった。日頃の服装にも注意を払っていたが、パーティーのドレスになるといっそう気を配った。ダイヤの指輪はいつも嵌めていき人目を引いたが、ブローチやネックレスも少しずつ買い足していった。

それらのパーティーには、日本語学校の先生方は、誰ひとり招待されなかった。頼子と淳一だけが、子どもたちの先生としてご招待を受けていた。二人が会場に行くと、次から次へと人びとが寄ってきて、子どもの教育とか作文について盛り上がった。

それを見た夫人連の中には、ローカルのくせにと憎々しげに見る者もいた。しかし、自分よりも頼子夫婦のところに来る人が多いのを見ると、賢い夫人の中には、頼子に敵意を持ちつつ、いやいやながら輪の中に入ってくる者もいた。

文芸作品コンクールの締め切りは毎年七月三十一日で、受賞作の発表は主催する海外子女教育振興財団が十一月に発行する冊子『地球に学ぶ』に掲載される。最高賞を取った者だけではなく、佳作を含む全入選者が掲載されるので評判だった。その雑誌は、十一月の中頃に日本語学校に届くので、十一月の終わりまでには学校新聞『はなみずき』に掲載された。

十二月になると、ワシントンはパーティーの真っ盛りである。そこではいろんなことが話題になるが、海外子女文芸作品コンクールも例外ではない。出席者の子どもが入選した時などは特に大変で、みんなが褒め言葉をかけた。

日本大使館が主催するパーティーでは、日本人外交官は引っ張りだこであるが、ここでも、外交官の子女が入選者の中に入っていると、出席者のみんなから祝福を受ける。ワシントンに来ている人にとって、大使館の上級職員と仲良くすることは、何かにつけて得策なのだ。

このように、入選者の子を持つ外交官は、褒め言葉をもらってほくほく顔であるが、一方、入選とは縁遠い子を持つ外交官は、寂しい思いをした。

日本大使館の大使は、ワシントン日本語学校とのつながりが強い。卒業式、運動会には必ず学校から招待され、スピーチを頼まれる。大使のほうもできるだけ参加して、在留邦人およびその子弟たちから慕われたいと思う。そういう事情もあって、大使の中には日本語学校の新聞『はなみずき』に興味を持つ人もいる。毎月、秘書に命じて『はなみずき』を持って来させるが、それが十一月だと、文芸作品のコンクール入選者の名前を見ることになる。自分の部下の子どもが入選していると分かると、その外交官に会った時、「○○ちゃんすごいね、入選おめでとう」などと声をかける。入選者のリストを見ると、大使はどの職員の子か、ただちに分かるのである。十二月に入ると、ローカル職員を除く館員を対象にした家族ぐるみのパーティーが開かれ、子どもたちもみんな招待される。大使から直々にプレゼントも授与されるが、大使は子どもたちの名前をほとんど覚えている。上に立つ者はこうした気遣いも大事だと、いつも感心させられる。

十一月末のある日、帰りの車の中で頼子が、

「今日、大使が私の前を通られた時、立ち止まって、『今年もたくさん、入選者が出ていましたね』とおっしゃったの」

と言った。

「コンクールのことは、大使までご存じなんだね」

「びっくりしたわ。大使がわざわざ、こんなことで声をかけてくださるなんて。嬉しかったわ。もっともっと頑張らねばと思ったの」

マサチューセッツ通りには、世界各国の大使館が建ち並び、中には樹木にイルミネーションを施したものもあった。頼子はそれに目を向けながら、大使からのありがたい言葉を嚙みしめていた。

大使館の館員は、子どもがコンクールに入選すると、大使からお褒めの声をかけてもらえる

ので嬉しくなり、同僚にそのことを話す。すると、まだそういった経験のない館員は財団のコンクールに関心を寄せるようになった。

大使の声かけは、館員だけに止《とど》まらなかった。日本からワシントンに赴任して来たさまざまな人と会っている時、偶然、目の前の人が入選した子どもの保護者だと分かると、すぐに「おめでとう」と声をかけて相手を驚かせる。子どものことで大使からお言葉をもらうと、その人も嬉しくなり、知人にそのことを話す。駐米大使というのは、アメリカに赴任して来ている人びとにとっては、まるで天皇みたいな存在なのである。

このことがだんだんと知れ渡るようになると、子どもをコンクールに入選させるにはどうしたらいいのかと、親は八方手を尽くす。するとほどなく、火曜教室や木曜教室というのがあって、コンクールに力を入れていることを知る。入塾者がさらに増えていったのは言うまでもない。

シャネルに魅了された頼子

四月から六月にかけて、ワシントンでの任務を終えた人びとは帰国していく。火曜教室と木曜教室で学んだ生徒たちの親は、最後の日になると、お世話になったお礼だと言って、現金を包む人や小切手をくれる人がいた。その中でデパートの商品券をくれた人がいた。見ると、ワシントンで一番高級なデパートのもので、金額は二百ドルであった。

休日のある日、頼子と淳一は商品券を持ってそのデパートへ行った。普段、二人はそこに行くことはない。いろいろ見て回るうちに、フランスの高級ブランドを扱う店に入った。そこはシャネルの店で、世界一高価な洋服やハンドバッグが置いてある。スーツは一着三千ドルから四千ドルもした。ハンドバッグも、二千ドルから三千ドルのものが無造作に並んでいた。

気に入ったスーツを眺めていると、店員が勧めるので、頼子は試着してみた。いつも着ているサイズなので、体にぴったりと合った。しかし、いつも買っているスーツの十倍はする。結局その日は何も買わずに家に帰った。店を出たあとも、家に帰ってからも、その服を手に入れたいという頼子の願望は、次第に大きくなっていった。

「ねえ、この前試着したあのスーツ、まだ残っていたら、買っていいかしら」

給料日の前の日、頼子は思い切って淳一に訊いた。例のダイヤの指輪以来の桁違《けたちが》いに高額な買い物である。

「いいんじゃない。君が気に入っているんだから」

頼子が買いたいというものに、淳一はいつもOKを与えている。子どもがいたら、その子に対する出費を考えないといけないが、二人には子どもがいない。何の支障もなく、買いたいものは何でも買うことができた。

それをきっかけに、頼子はシャネルにはまった。次々とシャネルの洋服を手に入れ、パーティーがあるとそれを着ていった。しかし、パーティーでシャネルの服を着ているのは頼子だけということが多かった。外交官夫人たちは、高価なシャネルのスーツなど買うことはない。それは、大使夫人がそのブランドのスーツをよく買うので、もしも自分が同じブランドの服を着たら、大使夫人に睨まれるからである。大使夫人と張り合っていると思われたら、夫の出世の妨げになる。

外交官の夫人たちは着なくても、シャネルのスーツを着てくる人はいたが、ごくまれなことだった。だから、いつも着て来るのは頼子だけで、そのことがワシントン中の評判になった。しかし、やっかみ半分の陰口を叩かれたものの、そのことで塾の勢いが衰えていくことはなかった。

淳一の銀行での仕事は貸付係で、十人ほどの同僚がいた。それぞれ秘書がいたので、秘書の総数も十人ほどである。秘書は三十代から五十代の女性であったが、その中に黒人の女性が二人いた。

秘書が妊娠すると、休暇を取る前にベビーシャワーと呼ばれるパーティーが行なわれる。みなで贈呈品を持ち寄り、お祝いするのである。淳一が入行して三年ほど経った頃、同僚の秘書の出産祝いが行なわれ、みんなで贈呈品を持ち寄ることになった。

淳一がそのことを頼子に話すと、デパートでベビー服を買おうということになった。包装は頼子が丁寧にやった。折り紙で鶴を折り、包装紙の上に貼り付けた。鶴は三つで、大きな鶴が二つと小さい鶴が一つで、親子を意味したものだった。三角形に並べ、上に子鶴、下二つが親鶴だった。

銀行の三階にカフェテリアがあり、昼休みにベビーシャワーが行なわれた。テーブルの上にみんなが持ち寄ったプレゼントが並べられ、身重のメリーが包装紙を開け始めた。

メリーが淳一からのプレゼントを開けようとして、すぐに気付いた。

「あれ、何か付いている。三つの鶴だわ。これって、親子の鶴ね。誰からのプレゼント？」

淳一が名乗り出て、

「日本では鶴は千年、亀は万年生きると言われ、おめでたい生き物としてお祝い事に使われるんだ。僕のワイフがあなた方ご夫妻と生まれてくる赤ちゃんのために、心をこめて折りました」

と説明した。メリーは感動し、みんなもすばらしい贈り物にグレードアップさせた頼子を絶賛した。メリーはその盛り上がりを見ながら、

「これ、今は開けないで家に持ち帰るわ。ハルにも見せたいから。皆さんには明日、淳一と奥さんからのプレゼントが何だったか、お見せするわね」

と言い、みんなも納得の表情を浮かべた。

いつものように大使館に寄り、頼子を乗せて家に向かった。淳一がベビーシャワーのこと

を頼子に話した。職場の人がとても喜んだのを聞くと、「あんなことで喜んでくださるなんて、素敵な職場ね」と言って、頼子のほうも感動を口にした。

銀行では毎年クリスマス前に、夫婦同伴のパーティーが開催される。十二月にはあちらこちらからパーティーの招待があるので、淳一の銀行のパーティーと重なることがある。そんな時、頼子はそこへ顔を出し、銀行のパーティーには欠席した。

頼子が初めて銀行のパーティーに出席したのは、ベビーシャワーのプレゼントに頼子が鶴を折った年のパーティーだった。

二人が連れ立って会場に現れると、次から次へと、同僚とその奥さん方が寄って来た。

折り鶴のプレゼントをもらったメリーが、

「ミセス・テルキナ、これが私の夫、ハルです。折り鶴が付いた包装紙、あれからずっと居間の壁に貼ってあるのよ。来客があると、いつも折り鶴のことを話すの。本当にありがとう」

頼子の手を握りながら、心から喜びの言葉を述べた。

会場では、淳一夫婦がいるところが一番大きな輪になっていた。一人の婦人が、頼子のドレスを見ると、

「素敵なドレスね。これ日本製？」

と訊ねた。すると頼子は、

「これ、手作りです。私はサイズが小さいので、こちらでは合うものがなかなか見つかりませ

ん。これはピンクで、日本の国花と同じ色です。どうして、ドレスを桜色にしたか、長くなりますが、お話ししてもいいですか？」

と言って、みんなの顔を見回した。

みんなは、大きく頷いて、

「ぜひお聞きしたいわ」

と異口同音に言った。

「ありがとうございます。みなさん、俳句をご存じですよね。日本の伝統的な短詩ですが、世界でも一番短い詩だと言われています。この形は突然生まれたのではなく、もう少し長い詩型から独立したもので、両方とも今でも続く日本の代表的文学形式です。長い詩型のほうは和歌と呼ばれていますが、これは、『日本の詩』という意味です。その和歌をさらに短くしたのが俳句なのです。

日本が鎖国をしていた江戸時代に、本居宣長《もとおりのりなが》という有名な学者がいました。その人の和歌に、『日本の心は何かと訊く人がいたら、朝日に匂って輝く山桜の花と答える』という意味の作品があります。私はその和歌が好きなので、桜の色をしたピンクのドレスをパーティー用に手作りしたのです。私の話は以上です。ご清聴ありがとうございました」

頼子のスピーチが終わると、一人の婦人が、「すばらしいスピーチでした」と言って拍手をすると、周りの人びともみな、「ワンダフルスピーチ！」と口々に言い、拍手をした。

別の婦人が、「ミセス・テルキナ、これを機会にもっとお近づきになりたいわ。あなたをファーストネームで呼びたいので、教えていただけるかしら」と言った。

「私のファーストネームは、ヨリコです」

と答えると、みんながいっせいにその名を呟いた。

銀行のパーティーで温かい歓迎を受けたことに感銘を受けた頼子は、それ以後のクリスマス時期にいくつかのパーティーが重なった場合、銀行のほうを優先して、他のパーティーはすべて断わった。

日本人のパーティーに出席する時、頼子は大きなダイヤの指輪を嵌めて行ったが、銀行のパーティーでは目立たない、小さなブルートパーズの指輪を選んだ。ドレスのほうも自作のパーティードレスを着るように心掛けた。後に頼子は、シャネルの服を次々に買って、日本人のパーティーにはよく着たが、銀行のクリスマスパーティーでは一度も着て行かなかった。出席者の中には、シャネルを着ている女性もいたが、頼子は彼女らと競い合うことは控えた。

このことから分かるのは、頼子の基本的な姿勢は、控え目に装うということであった。淳一は貸付課に属しているが、同僚はみなアメリカ人で、淳一だけが東洋系のマイノリティーである。パーティーで自分が目立つと、そのとばっちりが淳一に降り懸かると頼子は判断していた。一方、頼子のほうは、「身を捨ててこそ浮かぶ瀬もあれ」の心意気を通したので、年末のクリスマスパーティーでは一番のモテモテぶりを発揮した。

頼子は何が何でも相手を立て、自我を抑制したというわけではなかった。自分の家に淳一の同僚夫妻を大勢招待した時には、彼らが履いてきた靴をどうするか、大問題となった。日本人は家の中では靴を脱ぐ。だが、アメリカ人は履いたまま家に入って来る。これをどうするか、考えあぐねた二人の結論は、「履き替えてもらう」ことで落着した。淳一案では、従来どおり履いたままでパーティーを行ない、その後我われできれいに掃除するというご当地流を提案したが、頼子のほうは絶対に脱いでもらうと強硬に主張、結局その案が採用された。

淳一の同僚夫妻が大挙して訪問してきた。玄関を入ってすぐのところに、人数分の靴置き場を設け、脱いだものを並べてもらうと、スリッパに履き替えてもらうのである。

「我が家は日本式の家なので、今日はジャパニーズスタイルをたっぷり味わってください。日本の家では、まず靴を脱ぐことから始まりますので、なにとぞご協力ください」

そう言うと、客たちはみんな喜んで応じた。

いつもは控え目な頼子が、靴を脱ぐという日本式スタイルをお願いし、すんなりと受け入れられた。このあとも頼子は日本式のやり方をお客様に説明しながら、上手にもてなした。彼らも初めて日本の流儀に接し、物珍しさも手伝って、二人の饗応《きょうおう》を心から堪能したようだった。

「おもてなし、ありがとう」

客たちは口々に言うと、満面の笑みを浮かべて帰っていった。土足文化をやんわりと拒絶しつつ、日本流畳文化で接待する。頼子は自分の流儀を押し通し、見事に成功させたのである。

今でこそ、日本流にならって自宅では靴を履き替える米国人も増えているというが、普段は控えめな頼子が、日本の文化を守り通した姿に、淳一は感銘を覚えた。

ダンスバトル

十二月になると、ワシントンではいろいろなクリスマスパーティーが開催される。邦人関係のパーティーの中でも、一番盛大なのは日本大使館が主催するもので、大使公邸で行なわれる。本省から来た館員と夫人、ローカル職員とその伴侶が招かれた。

大使の挨拶や福引きの後、食事が供される。何百人もの人たちが、大広間やその他の部屋でご馳走を食べた。その後、ルーレット、カラオケ、ダンスなどの余興や懇談会などがあり、銘々好きなところへ行って楽しむ。一つだけに熱中する者もいるが、いくつかを渡り歩いて楽しむ者もいる。

頼子と淳一は、初めはカラオケを楽しみ、締め括りはダンスにした。自己流だが、淳一にはダンスの心得があった。かつて沖縄にいた頃、普天間にダンス教習所があり、弟の浩とよく通った。教師から習ったのではなく、教習所に通っている女性に教えてくれと頼み、覚えていった。大学生だった淳一には授業料を払う余裕がなく、居合わせた女性から無料で教えてもらったのである。

二人は、ダンスの部屋に行った。ブルースとかマンボ、ワルツといったオーソドックスな曲はあまり流れず、ほとんどが今流行《はやり》のディスコ音楽だった。二人はある外交官の家で行なわれたパーティーで、ディスコミュージックの基礎的なステップを教わっていた。自宅の半地下は娯楽室になっていて、広いスペースがある。時間がある時、二人はディスコの曲をかけ、教わったステップを繰り返し練習したものだった。

大使館のボールルームには、次から次へとディスコミュージックが流れていた。大方のカップルは離れて踊ったが、淳一と頼子は組んで踊った。踊り疲れると、部屋の周りに置いてある椅子に座って休憩した。ダンスタイムも終わりに近づくと、上手に組んで踊るカップルだけが残り、他の連中は座ってそれを見た。

最後に残ったのは、淳一・頼子のカップルとマリオ夫妻の二組だけになった。中南米系のマリオ夫妻は大使館で雑役を仕事にしているが、目立たない裏方仕事から一転、生き生きと躍動していた。その頃になると、ルーレットやカラオケを楽しんでいた人たちも集まって来て、白熱のダンスバトルを大いに楽しんでいた。周りから熱い視線を浴びながら踊るのは、緊張しつつも気持ちが高ぶり、体中が燃える。残った二組は、最後まで踊り抜いた。曲が終わると、ギャラリーから大きな拍手が湧き起こった。淳一と頼子は汗を拭いながら、心地よい疲れに浸っていた。

そのことがあった翌年、クリスマスパーティーが近づくと、二人はディスコダンスの練習を始めた。また、普段からテレビでダンス番組があると、注意して見るようにしていた。ビデオにも撮り、難しいステップは何べんも練習するという、凝りようであった。

パーティー当日、頼子はダンス向きのパーティードレスを着た。スカートの下のほうが緩やかに広がり、クルッと回ると裾がパッと開いて、花の輪のようになるのが狙いだった。こうすれば、踊っているさなかに目立って、周囲の視線を一気に集められる。

クリスマスパーティーが始まった。昨年と同様、余興時間になると、初めはカラオケを楽しんだあと、いよいよダンスルームに移動した。

ダンスが終盤に差し掛かると、前年以上にたくさんの人びとが他の部屋から押し寄せ、会場は熱気を帯びた。大使ご夫妻も見物に来て、初めは後ろに立っていたのが、周りの者がそれに気付くと、慌てて前のほうに場所を空けた。

DJから最後の二曲だとアナウンスがあった。去年と同じように、淳一のカップルとマリオ夫妻のカップルの二組だけになった。淳一と頼子は目と目を合わせ、「頑張ろう」と気持ちを伝えた。握っている手にも力がこもった。

曲が流れ、二組は踊り出した。マリオ夫妻も張り切っている。去年以上に軽快なステップを踏んでいる。淳一と頼子も負けまいと、練習してきた難しいステップを次々に披露した。踊っている最中、頼子の体が回ると同時にドレスが輪になって開く。二回転、三回転、グルグルと連続的に回すと、周囲から「ワァー、きれい」、「かっこいい」などといった、感嘆の声が何度も聞こえてきた。

ダンスが終わると、大使ご夫妻が二組のところに来て、

「お疲れさま、すばらしかった」

と労《ねぎら》いの言葉をおかけになった。そこへ外交官が来て大使に話しかけたので、淳一と頼子は軽くお辞儀をするとその場を離れた。

帰りの車の中で、淳一が、

「大使ご夫妻がお見えになられたのは、びっくりだったね」

と言った。

「そうね、緊張したけど、力いっぱい踊ろうと、いつも以上に気合いが入ったわ。来年も頑張らないとね」

頼子が嬉しそうにそう答えた。

今日は相当に踊ったので、体のほうは疲れていたが、大勢の観客から注目を集め意気軒昂だった。

頼子と淳一は十年以上住んでいたバージニアから、メリーランド州のベセスダというところに引っ越した。ベセスダはワシントンの郊外にあり、閑静な住宅地である。ハリウッドなどに次ぎ、全米では上位の多額納税地区である。

二人の新居は、周囲を城壁のようなレンガ塀に囲まれたエリアの中にあった。エリア内には二百を超える住宅が建ち並んでいる。二人の家は、地下一階、地上二階建ての建物であった。前の家の車庫には一台しか置けなかったが、今度は二台分のスペースがあった。

建物は小高い丘の上にあり、ガレージから道路へ出るまでの私道は長く、威風堂々とした構えをしていた。交通の便も良く、朝のラッシュ時でも大使館まで三十分、そこから淳一の銀行まで三十分で行けた。

ベセスダに居を構えたということは、二人の収入がかなり高額であることを示しているが、正規の職業以外に私塾を経営していたから実現できたことであった。

Ⅵ　誘惑と試練

頼子の危惧

しかし、その私塾にも変化が生じてきた。

最盛期には火曜教室と木曜教室のふたつの塾生が百人を超える大所帯だったが、新たにワシントンに設立された進学塾の出現によって、次第に縮小していった。

これは後で気付いたことだが、その進学塾は設立の前、火曜教室を偵察に来ていた。ある日、二人の男性が火曜教室へ見学に来た。入塾前、生徒の保護者の見学はよくあることなので、淳一と頼子は普段どおりの授業を行ない、見学してもらった。

しかし彼らは、子どもを連れて入塾の申請に来ることはなかった。しばらくすると、ワシントンに進学塾が誕生したのを知ったが、淳一と頼子は例の二人組が偵察隊だったことに気が付いた。

進学塾は順調に生徒の数を増やしていき、その分、火曜教室の塾生数は減少していった。それでも、作文指導を希望する親たちは塾の門を叩いた。

淳一と頼子は、これまでに教室の宣伝を新聞広告などでしたことはない。二人にはれっきとした本業があり、塾はあくまでも副業だった。いわば二足の草鞋《わらじ》を履いて目いっぱいやっているので、進学塾と張り合って生徒の数を増やそうとは考えなかった。それでも、二人は両方の仕事に全力投球をし、手を抜くことなどなかった。

進学塾では、作文指導は行なわないので、文芸作品コンクールの入賞者は例年どおり、ほとんどが火曜教室と木曜教室の塾生たちだった。

ある年の春のこと、銀行の人事課に東南アジア系の若い女性が入行した。顔立ちが整ったすごい美人で、スタイルのほうも素晴らしい。アメリカで生まれ育ったので、国籍はアメリカだが、ベトナム人であった。

アメリカ人にとっては、日本人でもベトナム人でも、アジアの女性は同じように見えて区別がつかないらしいが、日本人にはどことなく違って見え、区別がつく。ところが、彼女の顔はまるで日本人のようで、ほとんど違いが見えなかった。そのうえ、ミスユニバースのコンテストでは東南アジアの女性は見事なプロポーションで観客を魅了するが、彼女もそういう抜群のスタイルをしていた。

淳一の銀行では、ランチタイムになると誰かを誘って外のレストランに食べに行くことが多い。新しく美人の女性が入行すると、アメリカ人は気軽にランチに誘い、了承を得ると連れ立ってレストランへ出かけた。

淳一の同僚はほとんどが中年の妻帯者だが、その美人社員に次々とランチを申し込んだ。万が一うまくいって食事まですると、宝籤《くじ》に当たったたような気分で帰って来る。

一人が成功すると、今度は自分の番だとばかりに次々と挑戦し、凱歌を挙げてほくほく顔で帰って来る。そのほとんどが、いかに楽しく過ごしたかを誰それかまわずしゃべるのだが、貸付課では誰も相手にしない。おたがいがその美人と食事をした、もしくはしたいというライバルなので、他人の自慢話は聞きたくないのだ。ところが、淳一にはその気がないので、同僚の自慢話をニコニコしながら聞いてあげた。

その美人の名前はイリーサといった。独身ではなく、ベトナム人の夫がいるという。ランチに誘うと、食事代は男性が払う。マドンナが喜んで誘いに応じるのは、彼女の食事代が浮くという旨味があってのことだ。

淳一が勤務する貸付課と人事課は同じ階にあるので、その美人とは廊下でよく顔を合わせる。初めは軽く挨拶を交わすだけだが、だんだん親しみを感じるようになった。しかし、立ち止まって会話をすることはなかった。淳一にその気があれば、ランチに誘われてもイリーサは快く応じただろう。しかし淳一にはその気がなかったので、顔見知りの社員同士の関係が続いた。

淳一の銀行のクリスマスパーティーは毎年、十二月最初の金曜日と決まっていた。十二月には銀行の顧客が開催するパーティーが増えるので、銀行のほうは早目に済ませてしまう。すると、十二月の中頃からクリスマスにかけて顧客のほうのパーティーが行なわれ、淳一ら行員はそちらに招待されるという訳だ。

その年のパーティーも、最初の金曜日に行なわれることになった。淳一は仕事が終わると頼子を迎えに行き、銀行の三階にあるパーティー会場へ向かった。二人はドリンクをもらうと、貸付課の同僚やご夫人たちが屯《たむろ》しているところへ行った。

淳一と頼子が加わったので円陣が大きくなり、二人はみんなから温かく迎えられた。頼子は毎年、クリスマスパーティーに着るドレスを自分で作っていた。いつも桜色のドレスである。奥様方もそれを知っており、頼子のドレスに注目した。

「とっても素敵。今は冬なのに、春の桜が艶やかに咲いているみたいだわ。ヨリコの上品な人柄がほのぼのと匂って、見蕩《みと》れてしまうわ」

一人の夫人が賞賛した。それを皮切りに、次々と頼子のドレスを褒め称える言葉が続いた。頼子は感謝の言葉を口にし、デパートやブティックで売っているものはみんなサイズが大きいので、自分で作らざるをえなかったと理由を話した。

するとみんなは、自分でドレスを作ることのすばらしさを口にしたので、頼子は嬉しくなった。

「次々とお褒めの言葉をいただいて、感謝の気持ちでいっぱいです。確かにドレスを作るのに苦労はありますが、皆さんの温かいお気持ちに接すると、過去の苦労もほのぼのとしたものに変わっていくようです」

　頼子がみんなから温かく迎えられているのを聞くと、淳一も嬉しく思った。

　そんな話を聞きながら、ふと遠くのほうを見やると、イリーサの姿があった。

　青色の奇麗なドレスに身を包んでいる。普段着の姿も奇麗だが、パーティードレスの姿は格段に美しい。並みいる女性たちの中で、イリーサの姿は群を抜いている。

　イリーサは一人の男性と話をしている。おそらく彼女の夫だろうと淳一は思ったが、もしそうならちぐはぐの夫婦に見える。イリーサは絶世の美人で、しかもすらりとしたスタイルをしている。一方の夫はといえば、背丈が低い。それも相当に低いので、まったく釣り合いがとれていない。

　淳一はみんなと会話をしながら、時々イリーサのほうに目を向けた。ずっと二人きりで話をしている。淳一の同僚は日頃、イリーサをランチに誘い、ほくほく顔で帰ると淳一に自慢話をする。それなのに、パーティーの席では素知らぬ顔をしている。奥さんと同伴で来ているので、妻に気兼ねをして、イリーサには近付かないのだ。それは大人の振る舞いでもあろうが、あまりにも身勝手だと淳一は思った。すると、日頃はモテモテのイリーサが、なんだか可哀想に思えた。

家に帰る車中で、

「とても楽しかったわ。奥様方はみんな良い方ね。私の自作のドレスをあんなに褒めてくださって。アメリカ人は褒め上手だけど、それが本当によく分かるわ」

と頼子が言った。

「君は忙しいのに、自分でドレスまで作る。その努力を、彼女たちも理解しているんだと思う。だから、アメリカ人の心からの褒め言葉は、そばで聞いている僕も嬉しく感じる」

先ほどのパーティーの雰囲気を思い出しながら淳一は言った。

「ところで、すごく奇麗な女の人がいたわね。どこの国の人なの。東洋系なのは間違いないでしょうけど、ミスユニバース級のプロポーションね」

頼子は奥様方との会話に夢中になりながらも、イリーサの存在を目に留めていた。

「春頃にね、人事課に入ってきたんだ。同僚はみなご執心で、競ってランチに誘っている。帰って来るとみんな鼻の下を長くして、ご満悦の表情をしている」

「で、あなたはどうなの？」

「僕は誘ったことはないよ。同僚との争いに加わろうとは思っていないからね」

「みんなランチに行って、あとはどうしているの？」

「僕が一人だけランチに誘わないから、食事が終わって帰ると、みんな僕にどんな様子だったか逐一報告するんだ。さんざん聞かされて飽き飽きしているけど、そんな顔はしないでしっかり聞いてあげているよ」

淳一の話を聞いて頼子はホッとしたが、用心すべきライバルが出現したと思った。イリーサはそれほどの美人だったのである。淳一から彼女には夫がいると聞いたが、それは安心材料ではなかった。アメリカに来て初めて、頼子が淳一に対して危惧を抱いた瞬間だった。頼子はさり気ない態度を装いながら、「あなたも気を付けて」とか「ランチに誘っては駄目よ」といった月並みな警告を口にしなかった。私たち夫婦は正規の仕事をこなしつつ、同時に塾を経営して成果を上げている。頼子にはそうした誇りがあるが、淳一も同様の気概を持っていると確信していたからだ。

ランチに誘われて

年が明けても、同僚たちは相変わらずイリーサをランチに誘い、その報告を淳一にしていた。淳一のほうもいつもどおり聞き役に徹していたが、季候もすっかり春めいてきた三月のある日、イリーサからランチに誘われた。初めてのランチなのに女性のほうから声をかけられ、意外な気がしたが、淳一はすんなりと受け入れた。

イリーサの車に乗り、彼女のお気に入りのレストランに行った。食事が来るのを待ちながら雑談していると、

「あなたの奥様、奇麗な方ね。去年のクリスマスパーティーで初めてお見かけしたけど、人気の的だったわね」

とイリーサが言った。不意を突かれて内心戸惑ったが、淳一はただ「ありがとう」とだけ言って微笑んだ。イリーサは話を続けた。

「クリスマスパーティーでは、奥様がナンバーワンね。みんなはロングのパーティードレス、しかもアメリカ製のものばかり。きらびやかだけど、ありきたりね。その点、奥様のドレスは気品があったわ。どこでお買いになったの?」

「買ったんじゃなくて、自分で作ったんだ」

「えっ、それはすごいわ。パーティードレスを自分で作るなんて、素敵だわ」

イリーサはショックを受けた様子で、しばらく黙り込んだ。

食べ物が来たので、イリーサはフォークで口に運びながら訊ねた。

「奥様って、どんな方なの?」

この手の質問に答えるのは意外と難しい。どこまでどう答えるか、相手にもよるし、自分が試されているような気がしないでもない。しかし淳一はいささかもためらわず、頼子の良い点を次から次へと語った。なぜかと言えば、人の良い点については迷わずに話すことができるからだ。一方、欠点や悪口の場合、果たして本当だろうか、偏見ではなかろうか、と疑問を持ちながら話すので慎重になる。頼子にはこれといった欠点はないし、圧倒的に良い点ばかりが目立つ、だから自然と雄弁になる。

頼子の美点ばかりをたっぷり聞かされたイリーサは、呆れたような顔をして、

「あんなに奇麗なうえに、すばらしい点をたくさんお持ちなのね。あなたは幸せね」

と言った。

「そう、僕は本当にラッキーボーイなんだ」

淳一が笑いながらそう言うと、イリーサも笑顔になり、二人のテーブルは和やかな気分に包まれた。

二週間くらい経った頃、淳一は再びイリーサからランチの誘いを受けた。今度は淳一の運転で和食レストランに行った。前の時は頼子のことをいっぱい話したので、今度は淳一がイリーサの夫について訊いた。

「ご主人のどんなところに魅力を感じたの」

一見、イリーサの夫は貧相で、どう見ても釣り合いが取れない。夫にはきっと、何か強い魅力があるはずだ。淳一にはそれが分からず、ずっと疑問に思っていた。

「私たち、大学が一緒だったの。うちの学校では、お昼になると、みんなで一緒にテーブルを囲み、おしゃべりしながらランチを食べるの。男性のほとんどは、自分はハンサムだとか、頭がいいとか、魅力的なところばかりを見せようと一生懸命だった。それに引き替え、主人はというと、友達のやっていることをニコニコしながら、ただ話を聞いているだけなの。決して、

自分をアピールしようとしなかったわ。そんな謙虚なところに惹かれたの。私のほうからプロポーズして結婚したのよ」

ワシントンには、日本から大勢エリートが来ている。彼らの多くは、若い時分、イリーサから聞いた話と同様、自分をしっかりアピールし、仲間との競争に打ち勝って今日の地位を築き、良き伴侶を射止めた例は枚挙に遑《いとま》がないだろう。

イリーサの話を聞いた淳一は、競争原理とは無縁の、無償の愛の形態が今でもあるのを知って、びっくりした。そして、自分をしっかり見つめ、周囲に惑わされずに生きているイリーサに心底感心した。外見の美しさもさることながら、イリーサの内面のすばらしさ、強さに、淳一は強烈なパンチを食らった気がした。

イリーサも淳一の話を聞き、飾り気のない人柄に好感を持った。銀行の他の男性とは違い、女性を男性と平等に扱い、大切にするやさしさを感じた。大方の男性はランチに行くと、女房の悪口を並べ立てる一方、あなたは美しい、あなたさえよければ、いつでも一緒になりたいなどと、口には出さないが下心がミエミエな態度で接する。その点、淳一は逆で、奥さんのすばらしさをこれでもか、これでもかと並べ、付け入る隙が全然ないのである。淳一なら信用できると、イリーサは実感した。

おたがいの気心が通じ合うと、ランチの回数も増えていった。周囲に気を遣いながら、目立たないよう、ある程度の間隔を置いた。しかし、誘うのはいつもイリーサのほうばかりで、淳一から誘いの言葉をかけることはなかった。イリーサは不思議に思うこともあったが、淳一の謙虚な人柄だろうと思い、大して気にしなかった。

ところが、淳一には人知れず悩みがあった。当時、淳一は四十二歳の男盛り、一方、頼子のほうはすでに五十五歳と肉体的なピークは下降気味だ。大使館の受付というのは、傍で見るより神経を遣う仕事である。そのうえに塾の仕事があるから、疲労は蓄積する。ワシントンに進学塾ができたので、生徒の数は減少傾向にあったが、それでもまだ相当数の生徒を抱えていた。従来どおり、作文の指導はしっかり行なっていたので、頼子の体はクタクタだった。

淳一のほうも二足の草鞋を履いて活動しているが、まだまだ性欲は衰えていない。時たま、頼子に肉体的な要求をすることがあったが、拒みはしないものの、頼子は明らかに消極的な態度で応えた。五十代半ばであれば、それが普通だと淳一は思い、彼女のコンディションに合わせようと努めた。こうした夫婦間の内情もあるので、万が一イリーサと関係が深くなっては、妻に対して申し訳ないと自重していた。

しかしイリーサには、頼子の年齢だとかセックスに興味を失っていることなど、イメージダウンに結びつくようなことは一切言わなかった。銀行の他の男性社員とは違い、淳一には頼子に対する労《いたわ》りの気持ちがあった。だから、イリーサからの誘いには応じ、それを楽しんだが、おたがい伴侶があることを念頭に健全な付き合いを続けた。

ところが、夏が過ぎて秋が深まる頃、二人の仲はランチからディナーに進んだ。それはイリーサが言い出したことだったが、淳一は反対もせずについていった。ディナーとなると、明らかにランチとは違い、二人の親密度は深まっていく。

ディナーに行くようになったのは、淳一の仕事と関係があった。淳一の同僚が年次休暇を利用して、癌の手術をした。その後、回復するまで長期休暇を取ったのだが、彼が抱えている仕事を職場の同僚たちで分担することになった。

しかし、それだけではなかった。淳一は大きな貸付の仕事に関わっていたが、ちょうどその頃、大きなショッピングモールの建設プロジェクトが立ち上がり、その融資に対する調書を作成するよう、上司から命じられていた。

淳一が仕事で多忙な時は、頼子を迎えに行けないので、彼女はバスに乗って帰宅する。この時期はこうした状態がずっと続き、淳一は残業の合間に近くのレストランで夕食を済ませ、遅くまで仕事を続けた。

危うい関係

こうした状況が続くうちに、淳一はいつしかイリーサとディナーを共にするようになった。ランチの時と同様、夕食の時も誘うのはいつもイリーサのほうからであった。会食の機会が増えるに従い、二人の気持ちは高まっていったが、淳一のほうは両者の関係が次第に危険な方向に向かっていると感じていた。

ディナーの日取りが決まると、イリーサは五時に定時退社し、少し早目に所定のレストランに行って淳一が来るのを待った。

ある時、待ち合わせのレストランに行くと、イリーサにはいつもの元気がなく、うなだれている。体の具合が悪いのかと淳一は不審に思って訊ねると、イリーサは違うと首を横に振った。理由は分からない。

料理が来ても、イリーサは食べようとしない。淳一が食べ終わるのを待って、イリーサは口を開き、小さな声で途切れ途切れに言った。

「ホテルへ行こう」

淳一は驚いたが、予期せぬことではなかった。おたがいにそういう感情が芽生えているのはとうに気付いていた。頼子と結婚してから、別の女性にそういう感情を持ったのは初めてであった。

「アメリカに来て、妻以外の女性に特別の思いを持ったのは初めてだ。それはあなたが、身も心もじつに美しいからだ。こんな僕を慕ってくれて、とても嬉しい。しかし、一線を越えてはいけないと思う。おたがいの思いを大切にしよう」

淳一はイリーサの顔を覗き込むようにして、やさしく言った。

イリーサのほうは、よくよく考えたうえで、淳一をホテルに誘い、彼は喜んでそれを受け入れると確信していた。それが断わられたのである。ショックだったが、反面、淳一の自分を大切にしてくれる気持ちを知り、嬉しく思った。

うなだれていたイリーサの寂しそうな顔が、少しずつ穏やかな顔になっていった。レストランを出て二人は銀行に向かった。淳一は職場に、イリーサは地下の駐車場へと。別れ際、視線が合うと、しばらくの間じっと見つめ合った。二人の心の内が、清々しい空気で満たされていくのを感じた。

その後もしばしば、二人は廊下ですれ違ったが、目と目で軽い挨拶を交わしながら、おたがいに相手からの労りの気持ちを感じていた。ここは職場であり、仕事のほうに集中しようと、無言のエールのようにも感じられた。

それから一週間が経ち、淳一は再びイリーサから夕食の誘いを受けた。いつものように、彼女は早めに来て奥まったところに席を取り、淳一が来るのを待っていた。前みたいに沈んだ様子はなかった。

食事を終え、食後のコーヒーを飲んでいると、イリーサが思いがけないことを言った。

「ねえ、ホテルへ行きましょう」

この問題はすでに終わったものだと理解していたので、意外だった。

淳一はしばらく考えると、

「やはり、よそう」

とだけ、シンプルに言った。

「どうして?」

「そうしたいから」

「私を抱きたくないの?」

「とっても抱きたい」

「じゃあ、抱いてちょうだい」

「抱きたくても、我慢が必要だ」

「どうして?」

「おたがいが大切にしているものを失うから」

「二人だけの秘密にしておけばいいと思うわ」

「そういう秘密は持たないほうがいい」

淳一は、こうと思ったらそれを押し通す男だと、イリーサは感じた。そこで押し問答はやめて、自分の思いを述べることにした。

「私はこれまで、心の底から好きになった人はいなかった。夫と結婚したのは、他の男性がみな私の獲得に夢中になっているのに、主人だけが冷静だった。その消極性がかえってクールに見え、惹かれただけよ。でも、淳一に対しては違うわ。心の底から好きなの。抱かれたいの」

イリーサはいつになく、自分の熱い気持ちを語った。

「イリーサ、こんな僕を好きになってくれて、とても嬉しい。アメリカに来て、妻以外の女性を好きになったのは初めてだ。でも、だからといって、君を抱いてはいけない。とにかく、こんな美しい人を抱いてはいけないんだ」

イリーサは今日も断わられて落胆したが、淳一には自分を抱きたい思いがあるのを知り、一縷《いちる》の望みはあると思った。それで、店を出ようと促す淳一に素直に従った。

淳一が家に帰ったのは、九時を少し過ぎていた。

「毎日大変ね」

出迎えた頼子に、「うん」と短く言って靴を脱ぎ、淳一は家に入った。

「私、少し食べたけど、あなたはどうする？」

頼子が訊ねた。

「僕も食べる」

二人は二度目の夕食を食べながら、今日はどんな一日だったか話した。

食事時にはいつも、会話の主導権は頼子が握る。ほとんどが二つの教室の生徒の話である。頼子は愛情を持って彼らに接しているので、話に熱が入る。だから、こちらもつい話に引き込まれる。淳一が聞き役に徹し、上手に先を促すので、頼子はますます熱弁を振るうことになる。

淳一はもちろん、イリーサのことは何も話さなかった。重大な局面に入ってはいるが、一線を越えてはいけないと決めているので、自分一人で対処できると考えている。

ワシントンに赴任している日本人のほとんどは、週末になるとゴルフやテニスをして楽しんでいた。しかし淳一と頼子は、そういった余暇の楽しみもなく、塾の仕事に明け暮れている。その淳一に、イリーサはホテルに行こうと誘った。淳一は多忙で疲れているから断わったのではない。体の欲求はある。抱きたい気持ちは山々だが、それに応じなかった。頼子にはそういう欲求がないので、イリーサにその代わりを求めることも考えられるが、淳一は踏みとどまった。それは、自分同様多忙な日々を送っている頼子の真剣な生き方に、どこまでも寄り添いたいからであった。また、イリーサの誘いに乗らないことは、長い目で見れば彼女のためでもあると思っていた。

それから一週間ほど経ち、イリーサから夕食の誘いがあった。行きつけのレストランでイリーサは待ち、そこに淳一が合流した。イリーサは明るい表情をしていた。それを見た淳一は、イリーサも大分落ち着いて、前みたいな要求はしないと思った。しかし、淳一の予想は思い違いで、イリーサの頭の中は前の時の淳一の発言でいっぱいであった。

淳一はホテル行きを断わったが、自分を抱きたいという気持ちをはっきり告げた。今日、誘ったら、我慢していた感情を抑制できず、ＯＫするかもしれない。そういう期待を抱きながら、イリーサは明るい表情で淳一を迎えた。

軽い食事を終え、一息ついたのを見計らうとイリーサは口を開いた。

「ねえ、私の思いは変わらない。この前から今もずっと続いているの。ホテルへ行きましょう」

イリーサの瞳には、胸の中で燃え盛る熱情の炎が映し出され、淳一を蠱惑《こわく》した。

淳一は目を閉じると俯《うつむ》いた。しばらくして、目を開け、「よそう」きっぱりとそう言った。

イリーサは三度目の誘いも拒否され、落胆したが、そんなことはおくびにも出さず、穏やかな口調で言った。

「淳一はこの間、私を抱きたいと言っていたでしょう。今日はどうなの？」

「抱きたい。すごく抱きたい。でも、抱いてはいけない」

「だったら、二人の気持ちは一緒。何をためらっているの、淳一、行きましょう」

イリーサは諭《さと》すように静かに言った。

二人の間に、しばらく沈黙が続いたあと、おもむろに淳一が口を開いた。

「すごく抱きたい。でも、抱いてはいけない。後になって絶対後悔する。妻のこと、君のご主人のこと、私が教えている生徒のこと、同僚のこと。みんなのことを考えずにはいられない。おたがいに独身だったら、抱き合ってもかまわない。でも、二人には伴侶がいる。そうなると、越えてはいけない高い壁がある。

僕にはすばらしい妻がいるので、他の女性に思いを寄せることがなかった。そこへあなたが現れ、少しずつ気持ちが変化していった。たんに姿形だけが美しいだけではなく、心の有り様もすばらしい。現実とは思えないほどだ。

肉体的に結ばれれば、きっと喜びで満たされるだろう。でも、崇敬の念はだんだんと失われ、いつしか後ろめたい思いだけが残る。妻以外の女性を讃美しても、それはあくまで自分の心の中に収めるべきであって、一時の過ちで壊してはいけない。

しばらくして定年になったら、僕は銀行を退職し、妻と二人で帰国し、余生は日本で送る。そして、いつかは死を迎える。死が間近になった時、僕はいろんなことを思い出す。人生の大半をアメリカで過ごしたので、こちらでの出来事をたくさん思い出すだろう。その時は、美しい君のことを懐かしく思い浮かべ、あんな美しい人に巡り会ったという喜びで心が満たされるはずだ。そう思いながら、僕はひっそりと死んでいきたい」

こう話しながら自分の死に想いを馳せ、目からは涙が溢れ出した。ポロポロと涙を流しながら、淳一は話し続けた。

涙を浮かべながら、途切れ途切れに語る淳一の真心に打たれ、イリーサも感極まって泣き始めた。

「銀行の男たちはみんな、ホテルに誘うと喜んで行ってくれる。だけどあなたは私のためを思って行かないのね。そういうあなただから、私は淳一のことを慕い続けたの。私の人生で、心の底から好きになったのは、淳一、あなただけよ。分かったわ。もうホテルに行こうとは言わない。私も自分の思いを、心の中に大切にしまっておくわ」

淳一とイリーサは、涙でいっぱいになった眼でしっかり見つめ合った。

イリーサはもとより、淳一にとっても意外な結末であった。しかし、おたがいに納得のいくものであったから、二人とも傷付かずに済んだ。店を出て銀行に向かう二人の足取りは軽かった。

この後も時々、二人は銀行の廊下で顔を合わせ、笑顔で挨拶を交わした。一週間過ぎたが、イリーサから食事の誘いはなかった。イリーサの心もきっと落ち着いてくれたのだろうと、淳一は安堵した。そして二週間経っても、イリーサから食事の誘いはなかった。廊下で会っても、二人は笑顔で挨拶し、感情の高ぶりのないごく普通の行員同士の関係になった。

三週間が過ぎた日の午前十時頃、イリーサが淳一のオフィスを訪れた。これまでにそういうことはなかった。オフィスには淳一の秘書がいたので、イリーサが目配せをして外へ出てもらった。淳一のもとへ歩み寄ると、イリーサはその顔をじっと見つめた。

「この銀行で働くのは、今日が最後の日なの。違う銀行で働くことにしたの。淳一、今まで本当にありがとう、奥さんを大切にしてね。私も夫を大切にする」

そう言いながら、イリーサは目にいっぱい涙を浮かべた。

淳一はびっくりしたが、

「あなたはどこでも歓迎され、立派に働ける。だから、転職に対する心配はない。あなたのすばらしさ、美しさは決して忘れない。死ぬまで僕の胸にしまっておく」

そう言いながら、淳一も泣き出した。

淳一はイリーサを抱き寄せた。初めての抱擁であった。服を通じてイリーサの細いしなやかな体を実感しながら、

「あなたのことを死ぬまで忘れない、決して忘れない」

とイリーサの耳元で小さく叫んだ。

イリーサが銀行を辞めたのは、淳一よりも苦しい思いを持ったからである。それは、淳一が頼子について、本当のことを語らなかったからだ。淳一はイリーサに頼子の年齢を伝えていない。だからイリーサは、頼子が淳一よりも若いと思っていた。それほどまでに、頼子は若さと美貌を保っていた。

当然、イリーサは淳一と頼子との夫婦関係は続いているものと思い、そのことがイリーサを苦しめた。淳一が頼子の年齢やセックスについて一切触れなかったのだから無理もないが、何も知らないイリーサは一人悩み、苦しんだのである。

イリーサとの関係は、淳一に試練を与えた。日頃から信仰心が強い訳ではないし、人一倍道徳心が強いとはいえない自分のことを、気まぐれな神様がイリーサと引き合わせ、頼子に対する愛情がどれほどのものかを試したのかもしれない。しかし、淳一は自らの手で誘惑や迷いを断ち切り、試練を乗り切ることができた。もしあの時、道を誤っていたら、自分の行く末はどうなっていたのか分からない。

Ⅶ　再び会う日まで

頼子の退職

淳一と頼子は、その後も順風満帆の日々を送っていった。頼子は大使館の仕事を、淳一は銀行の仕事を大過なくやり遂げ、塾の仕事もしっかりとこなした。塾生の数は減っていったが、門戸を叩く生徒に対しては、これまでどおり心をこめて指導を行なった。

海外子女教育振興財団主催の文芸作品コンクールには塾生を積極的に参加させ、ワシントン日本語学校に毎年のように学校賞を授与させた。ワシントン日本語学校は土曜日一日だけの補習校なのに、世界に点在する全日制・補習校の日本人学校で、一番多く学校賞の栄誉に輝いた。

土、日も返上して働き詰めの二人だったが、やがて定年を迎え、退職した。年齢の関係で、同時退職ではなく、淳一の退職は三年ほど遅かったが。

しばらくは淳一が一人で勤めに行く日が続いた。淳一がガレージから車を出し、家の前を通過する時、小高い場所に建つ家の玄関から、頼子が手を振って、夫の出勤を見送った。昔見たアメリカ映画のひとコマのようであった。

淳一は銀行を退職した後、日本語学校から請われて、教鞭を執ることになった。以来十年間、日本語学校で作文の指導や小論文を教えることになった。

淳一が出勤する時はいつも、頼子は玄関から手を振って夫を見送った。結婚して二人はいつも共稼ぎであったから、定年後初めて頼子は専業主婦になったのである。しかし、手を振って夫を見送る姿は、主婦になった喜びに溢れていたが、室内に戻ると、解放感と同時に言い知れぬ寂しさを感じた。

頼子は専業主婦になっても、火曜、木曜教室の指導は行なっていた。だから、夏の終わりに締め切りのある文芸作品コンクールの指導も、以前と変わらずしっかり頑張った。

淳一は日本語学校で働くようになってからは、塾のほうだけでなく、こちらの生徒の作文指導もやった。日本語学校の他の先生よりも熱心に、コンクールに向けての指導に力を注いだ。

琉球舞踊

ある年のコンクールで、頼子は小五の男子生徒の作文指導に力を入れた。作文の題は「たんぽぽの底力」という作品である。

たんぽぽという植物は、アメリカでは雑草と見なされている。庭の芝生にたんぽぽが咲いていると、雑草として刈り取られる。ところが、作文を書いた男の子は、ごみ箱に捨てられたたんぽぽに目を向ける。翌日からも毎日、たんぽぽを見ていると、初め萎《しお》れていたたんぽぽが力強く生きている。その様子をしっかり観察し、見て学んだことを作文に書いた。

淳一のほうは、日本語学校の中三の男子生徒の作文を指導した。その題名は「ウィッシュ・ボーン」というのだが、最初は何のことか分からなかった。やがて、それは鳥類の首の後ろの、二股状に分かれた叉骨《さこつ》のことだと分かった。食事の時に、ニワトリだとか七面鳥を丸ごと焼いたものが出されたとする。食後、皿の上に残ったこの骨を、子どもたちが二人で引っ張り合い、長いほうを取った者の願い事が叶う、という言い伝えがあるそうだ。縁起の良いお守りとして大事にされるという。今はそれをアクセサリーとして売っているらしい。

生徒の父親は日本の会社を辞めて一家で渡米し、アメリカの弁護士資格を取るための勉強をしていた。一家は感謝祭の日に、父親の友人である弁護士一家に招待された。そこで、父親はウィッシュボーンのゲームで、長いほうの骨を取った。その後、父親は勉強を頑張り、弁護士の資格を取って、今ではアメリカで弁護士として活躍している。

当時、海外子女教育振興財団の作文のコンテストには、小一から中三まで全世界の日本人学校から約四千五百人の生徒の応募があった。その年、作文のコンテストで一位は頼子が指導した「たんぽぽの底力」で、二位は淳一が指導した「ウィッシュ・ボーン」であった。夫婦で、

一、二位の作文指導者になった。こういうことは初めてであった。
日本語学校では一位と二位のワンツーフィニッシュに大喜びした。学校の新聞『はなみずき』に大々的に報道された。校長は指導者の名前を見て、頼子と淳一夫妻だと知っていたのに、記載はしなかった。二人ともそんなことは意に介さなかったが、夫婦で一、二位を取ったのは初めてだったので、とても喜んだ。


淳一は日本語学校で作文の指導、そして高校生には小論文の指導に当たった。しかし、教鞭以外で辣腕を振るったのは校内放送でのアナウンスである。日本語学校では年に一度運動会がある。生徒はもとより、保護者たちもこぞって参加し、大会を盛り上げた。ワシントンの邦人社会では、運動会は一大イベントであり、雰囲気を盛り上げる実況放送のアナウンス力は欠かせない。そこでいつの間にか、淳一はなくてはならない存在になった。

運動会での初めの二年間、淳一は下働きの用具係をしていた。三年目になって、ようやく放送係を命じられた。若い頃に沖縄でテレビの司会をやっていたので、放送係はうってつけの仕事だった。昔取った杵柄《きねづか》で実況放送は板に付いており、何よりも声の乗りが良くてマイクにしっかり乗った。

独特のラジオ文化を持つアメリカでは、野球の大リーグを初め、スポーツ中継には名物アナウンサーの個性溢れるトークが欠かせない。それはテレビの時代になっても引き継がれ、今でも名物アナがたくさんいる。たとえ子どもの運動会といえども、スポーツアナのように巧みなトークは人びとから喜ばれる。

運動会の終了後、いろいろな人からお褒めの言葉をもらった。淳一が我が意を得たりとばかりに、内心喜んだのは言うまでもない。

これだけではない。淳一は妙なことにも力を発揮した。それは「宴会部長」としての力量である。

淳一が教えている日本語学校は、地域の学校から土曜日一日だけ、校舎を借りて授業をしている。一つだけでは足りないので、淳一が勤務するP校の他に、S校、H校と三校に分かれていて、生徒は自宅から通学に便利なほうに通う。生徒の数はかなり多く、一番大きなP校では七百人を超えていた。当然、三校全体の教師も多く、四十人以上はいた。このうち、校長と二人の教頭が日本から派遣された正教員で、他は現地採用のローカル職員だった。

ある派遣教員が帰国することになり、三月に送別会が催された。送別会といえば宴会が付きものだが、この時も三校の間で余興合戦が行なわれることになった。すると、小所帯のH校とS校の先生方は演《だ》し物を何にするかを真剣に考え、練習にも力を入れた。当時、日本で流行《はや》っているアイドルグループのヒット曲を選び、衣裳や振り付けもしっかりコピーして本番に備えた。

こうしたライバル校の情報が入ってくるというのに、P校の先生方は誰一人腰を上げる者はいなかった。だんだんと送別会の日が近づいてきて不安になる中、王者の貫禄を示そうと、動こうとはしない。その時、P校の唯一の頼みの綱は淳一であった。先生方の多くは、照喜名先生ならきっと何とかしてくれるという期待感を抱きながら、何もせずに漫然と日が過ぎていった。事実、淳一は土壇場で先生方に指令を飛ばし、これまでに何べんも窮地を救ったことがあった。P校の先生方は今回もそれを期待し、送別会に臨んだのであった。

余興の時間に入った。H校、S校の先生方は練習の成果を見事に披露し、拍手喝采を浴びた。この出来映えを見たら、ぐうの音も出まいと鼻高々であった。

いよいよP校の出番になった。先生方はみな、淳一の指令を待った。淳一は紙袋から二つのカセットテープを取り出し、この順番でプレーヤーにかけてほしいと、先生の一人にお願いした。最初に流れてきたのは、琉球の舞踊曲「加那《かな》ヨー天川《あまかわ》」であった。これはテンポの速い曲だが、それに合わせて淳一は踊り出した。巧みにリズムに乗ると、軽快な踊りを披露し、見事に演じ切った。

踊りが終わると、みんなから大きな拍手をもらった。淳一が先ほどの先生に合図を送ると、今度は別の曲が流れてきた。カチャーシーの曲である。淳一は先生方に向かって、

「さあ、カチャーシーです。P校の先生方、みんな出てきてください。手足を動かし、自己流でいいから、踊りましょう」

と大声で呼びかけた。P校の先生方はみな前に出てきて、淳一の踊りを見ながら、見よう見

真似で手足を動かし、踊り始めた。しばらくすると、その光景を眺めていた他校の先生方も前に出てきて、カチャーシーを踊り出した。踊りが終わると、全員で拍手をし、笑顔で喜び合った。

予期せぬ出来事であったが、淳一の企《くわだ》ては大成功であった。みんなは淳一が最初に踊った「加那ヨー天川」をすばらしかったと絶賛した。淳一はニコニコして聞いていたが、じつは大まかな踊りの形を披露しただけで、正式な「型」の踊りではないことは理解していた。

昔、伯母の政子が骨折した時、勝連の病院へ見舞いに行ったことがあった。あの時、頼子と一緒に二曲踊ったあと、今日のようにカチャーシーとなった。病院に居合わせた人びとを巻き込み、みんなで踊った。今日もあの日のように、その場にいる者を巻き込み、踊りの輪が広がった。人生の喜怒哀楽をみんなで分かち合う、という沖縄の精神がアメリカでも実際に起きたことが嬉しかった。

しかし、あの場所に正式の踊りを知っている人がいたら、淳一の踊りは自己流のものだと見破っていただろう。幸運にも、あの場にはそういう目利きはいなかった。

忍び寄る老い

日本に一時帰国する時は必ず、親戚や知人へのプレゼントをアメリカで購入し、会った時に直接手渡しするのが、二人の流儀だった。いっぺんに買うのは大変なので、気が付いた時やセールがある時、シーツだとかネクタイや洋服などを買い溜めしておいた。

しばらく日本に滞在して帰国する際、頼子の実家がある大阪の人はちょっとしたプレゼントをくれた。一方、淳一の故郷沖縄の人はプレゼントの他に餞別をくれた。しかも、その額が半端ではない。そんな事情もあって、沖縄の人へのアメリカ土産は値段の張ったものにしていた。

いつか淳一と頼子には退職する日が来る。そんな時、日本へ引き揚げることもあるだろう。どこを終《つい》の棲家《すみか》にするのか、まったく決めていないが、沖縄に戻ることも考えられる。そこで沖縄へは、アメリカ産の高級ブランドの物を持っていくことが多かった。ワシントンの郊外にあるショッピングセンターに、気に入ったブランド品を扱う支店があったので、二人はよく土産用の買い物をした。

支店長はアメリカ人の若い男性であったが、頼子はとても気に入っていた。香水の試供品や包装に使うテープをたくさんくれたし、ブランドのショッピングバッグを余分にくれるなど、サービスにも気を配って客の購買意欲を高めるのが上手だった。

何年か付き合いがあった後、その支店長がニューヨークへ転勤となった。ニューヨークを代表するデパートのひとつ、メーシーズ百貨店にもそのブランドは出店していたが、そこの支店長に栄転したのだ。彼がニューヨークに移ってからも、ワシントンの店にはこれまでどおり買い物に行ったが、ある日、転勤した支店長が結婚したことを知った。

するとと頼子はニューヨークに行きたいと言い出した。結婚のプレゼントを贈りたいというのである。小包で送ってもいいが、できたら会ってじかに手渡したいと言う。

そこで、久しぶりにニューヨークに行くことになった。郊外にある安いホテルに宿をとった。そのホテルにしたのは、歩いて五分のところにニューヨークで一番大きな日本の食品を売る店があるからだ。そこでの買い物も、お目当ての一つだった。

ニューヨークの市内は車の渋滞がひどいので、バスでバスセンターまで行った。そこからメーシーズ百貨店まで歩いていく。これまでにもニューヨークにはたびたび来たが、メーシーズに行くのは初めてであった。

バスセンターからメーシーズ百貨店まで、行く前に地図で調べておき、当日は地図を片手に歩き出したが、どうにも心もとない。少し歩いては手頃な人を見つけ、聞いて歩いた。支店長には店に到着する時刻を言ってあるので、あまりゆっくりはできない。

退職後、頼子の脚力は次第に衰え、時々ふらつくことがあった。そういう時には、淳一が手を貸し、手を繋いで歩いた。支店長と約束の時間がなければもっとゆっくり歩くのだが、あまり時間がないので淳一は少し急ぐことにした。

淳一は自分が先に行くからついてくるようにと頼子に言った。けれど心配なので、もしも誰かとぶつかったら走って行って助けようと、二十メートルくらい前進しては頼子を振り返った。道行く人は多いが、その中で頼子は立ち止まり、ちゃんとついて来ているから大丈夫と無事をアピールした。淳一が目を凝らして見ると、通行人が蠢《うごめ》く中で、頼子がちゃんと立っているのを確かめ、安心することができた。

こういうことを何十回も繰り返したあと、どうにかこうにか約束の時間に間に合い、二人はメーシーズにたどり着いた。こうして支店長と再会を喜び合い、結婚のお祝いの品を渡すことができた。苦労して実現できた再会だけに喜びは大きかったが、二人にとっては貴重な体験でもあった。バスセンターからメーシーズ百貨店までの歩行は、通常人にはごく普通のものであろうが、二人には特別のものを感じさせた。淳一はまだしも、十三も歳上の頼子はすでに老境の域に差し掛かっている。今回の体験によって、加齢という冷酷な事実を突き付けられたような気がした。淳一のほうも、いつまで元気でいられるか分からない。おたがいに手を取り合い、助け合って生きていかなければならない。淳一は夫婦の絆の大切さをしかと実感したのである。

「約束の時間に間に合って、本当によかったね」

ニューヨークからワシントンに帰る車の中で、頼子が言った。淳一はすぐには頷かないで、しばらくしてから言った。

「手放しでは、喜べないよ」

そう言って、自分の考えを話した。

「人間というものは往々にして、目的を達成しようと意識するあまり、用心を怠りがちになるよね。自分の体力を考えずに、無理をしがちだ。今日が無事に済んだのはよかったけど、本当はものすごく危険な行動だったよね。人混みにいる頼子の姿を見た時、本当に不安だった。あの時はもう引き返せなかったから、なんとか無事に着くことだけを祈っていたけど、本来大切なのは、自分の体力を考えて安全に歩くことだ。二人で手を繋いでゆっくり歩き、その結果遅くなっても、支店長には事情を話してお詫びをすればよかったんじゃないかな」

淳一の話に頼子も納得をし、しばらくの間沈黙した。

メーシーズ行きの一件は、淳一と頼子にこれまでの人生を今一度見直し、反省する機会を与えてくれた。身近な問題として真っ先に挙がったことは、体力の衰えに気付かなかったことだ。アメリカは車社会で、日本と比べると歩く機会が少ない。淳一と頼子の場合、通勤の往復は自家用車で、たまにバスを利用していた。淳一の仕事はオフィスワークが主体で、頼子も受付なので歩く機会は少ない。どう考えても運動不足は明らかだ。塾の仕事も同じで、教室に行けばさほど歩く機会はない。こうした生活がずっと続き、郊外に家を購入してからも、運動らしい運動はしていない。銀行の同僚はゴルフをしたり、家族でテニスを楽しんでいるようだが、二人には昔からスポーツを楽しむ習慣がなかった。

家のある場所は住宅街なので、散歩を好む住民は家の前の道路をよく往き来している。それを見た淳一は、たまには散歩しようかと誘ってみても、頼子は乗ってこない。紫外線は肌に悪いと言って、淳一の提案に反対した。

しかも頼子は、自分たちは日々の生活の中で必要最低限の動きをしているので、それが体力作りになっているから大丈夫だと主張した。こうと言い出すと、簡単には持論を曲げない。それを熟知している淳一は渋々それに従った。結局、散歩する機会は実現せず、これまでどおり、週に一度の食料品の買い出しと、デパート行きで週末の「運動」は終わってしまう。

確かに、アメリカのスーパーは店内が広いので、一度の買い物でも相当歩く。デパートに行くとあちこち見て歩くので、合計の歩行距離はかなり長くなる。頼子はこれだけでいい運動になるから、それ以上、特別にスポーツなどする必要はないと、独自の考えを打ち立てていた。

オシャレへのこだわり

スーパーやデパートに行く時、頼子は丁寧に化粧をし、着るものも、時間をかけて色合わせをした。

ワシントンには、大手のスーパーと、その次に大きいスーパーと二店あるが、前の日に両方からセール日の掲載された広告が郵送されてくる。頼子は広告を入念に下調べして、安い物を買うようにしていた。

頼子がお気に入りの二番目に大きいスーパーは、レジ係も売り場の人もほとんどが黒人であった。白人もいることはいるが、少数派だ。頼子が店に入り物色をしていると、「あら、素敵な服ね」とか「とってもよく似合っているわ」などと言って、店員がこぞって声をかけてくる。そもそも、スーパーを訪れる客は普段着の人が多く、頼子みたいにオシャレをして来る人は少ない。それで目立つのである。

一方、最大のスーパーのほうは、オシャレをして行っても店員はあまり声をかけてくれない。黒人の店員もいるが、白人もかなり多く、うちはナンバーワンだという誇りもあって、店の空気もどことなく気取った印象がする。その点、二番目の店には気さくな雰囲気がある。そういうのんびりした空気の中で、店員はお客の服装を見て、気軽に口を利くのである。

「黒人は服のセンスが良いわね」

頼子に言わせると、自分のオシャレのセンスを黒人はしっかり見ていて、きちんと評価しているという。自画自賛である。しかし、頼子は容貌が衰えていく中で、ファッションには目を配り、研究をしていた。新聞に目を通す時も、ファッション欄は丁寧に読んでいるし、テレビを見ている時も、出演者がどんな服やアクセサリーを身につけているか、髪形はどのようなものか、常に注意を払っていた。

食べ物の買い出し日は、いつも金曜日に決めていた。その日は、スーパーの大売り出しが行なわれる。金曜日になると、頼子はいつもより早く起きて、化粧に時間をかけ、オシャレをして夫婦で出かけた。店に着くと、リストを見ながら物色するが、店員が頼子の服装を褒めると、お礼を言ってから短い言葉を返す。褒められたら必ず、相手の服装も褒めてあげるのである。一見、店員との何気ないやり取りのように見えるが、それだけではなかった。以前、こういうことがあった。

　ある日、頼子が棚を見ながら物色していると、その近くに奇麗な白人女性が現れ、二人並んで立つ格好になった。そこへ黒人の女店員が近くに来た。いつもは頼子の服装を見て声をかけるのに、何も言わずに彼女は立ち去った。

　しばらくして、奇麗な白人女性はそこを去り、頼子が一人残った。そこへさっきの黒人の店員が来て、今度は頼子に声をかけた。彼女は先ほどの白人に気を遣い、頼子にだけ声をかけるのを控えたのである。咄嗟《とっさ》に出たやさしい気遣いに淳一は感心したが、頼子はすぐさま、もらった褒め言葉にお返しの言葉を送った。

「そのバンド、あなたの服によく似合っているわ。かっこいいバンドね」

　店員の気遣いといい、頼子の咄嗟の褒め言葉のお返しといい、スーパーという大きな舞台で役者が演技をしていると思った。

　頼子はスーパーで買い物をしながら、ファッションで真剣勝負をしている。単に自分の服装のオシャレだけでなく、咄嗟に相手にもお返しの褒め言葉を送るのである。日頃からオシャレのセンスを磨いていないとできない技だと思った。

　頼子はテレビを見ながら、出てくる人物の服装を見て、どこが良いとか悪いとか、口に出して感想を言った。いつも我慢しているが、もっと静かに見てほしいドラマの時など、つい「うるさい、セリフがよく聞こえないから静かにしてくれ」と怒鳴ったことがあった。

しかし、スーパーでのあの日の出来事は、ものごとの新たな側面を気付かせてくれた。頼子は淳一という聴衆の前で、真剣にファッションの良し悪しを判断し、それを言葉にすることでファッション感覚を磨いていたのである。それが分かってからは、頼子の発言に注意を払い、本当にそうなのか、テレビをじっと見つめて考えるようになった。

頼子は年齢を重ねても、オシャレに気を配った。特に不特定な人びとが多く集まる場所では、手抜きをすることはなかった。しかも、ファッションだけでなく、随所に美的な感覚を発揮し、生活全般を彩ることに集中した。その一つの例が淳一の弁当である。

毎週、淳一は日本語学校に行く時、頼子が作った弁当を持参する。昼食時間になると、職員の多くはカフェテリアで食事をとる。その時、教師たちは一緒にテーブルを囲み、持参した弁当を食べるのが習わしだった。淳一が弁当を開けると、先生方は異口同音に「ワーッ、素敵」などと歓声を上げる。フタを開けた時、見た目がいいように上手に盛り付けられているので、淳一の弁当は羨望の的であった。今で言う「キャラ弁」のハシリのようなものだが、淳一は満更悪い気はしなかった。頼子はもともと、料理が上手というほどではなかったが、同僚に囲まれて弁当を開く場面を念頭に置き、フタを開けた瞬間の劇的効果を演出することに精根を傾けていた。その結果、「奥様は料理が上手」というお墨付きをもらった。

帰らぬ人

銀行を退職したあと、淳一は請われて日本語学校に勤務するようになったが、淳一の努力もあって周囲ともすっかり打ち解け、心から楽しんで仕事をしていた。しかしこの生活がいつまでも続く訳ではない。十年くらい勤めたらそこも退職し、日本へ引き揚げようと老後の生活設計を考え始めた。

そこで、毎年一度は日本へ帰国し、頼子の甥《おい》や姪《めい》の案内で、大阪や京都のマンションを見て回った。帰国前に連絡を取り、売りに出ている物件で良いものがあるかどうか、あらかじめ調べてもらった。

沖縄にいる淳一の弟妹は沖縄への引き揚げを希望したが、彼らの気持ちに感謝しながら、沖縄は湿気が強いので断念した。

しかし、関西で気に入ったマンションに巡り合う機会がなかった。ワシントンの自宅は戸建てでしかも広いが、日本のマンションはどれも狭くてもの足りなかった。

そうこうしている時に、耳寄りな話を聞いた。ワシントンに住んでいる知人が、静岡県の熱海に安くて良いマンションがあると言う。そこで、秋に帰国した時、熱海に立ち寄ってみた。

淳一たちが日本で滞在する時はいつも、大阪で同じホテルを定宿《じょうやど》にして、活動の拠点とした。

ある時、大学時代の友人と夫婦同伴の夕食会を東京で持つことになった。早めに大阪を出て、途中、熱海に立ち寄った。知人から聞いたマンションを下見するのが目的であった。

不動産業者の案内で見に行ったが、事前にそこの社長が「どういうのをご所望ですか」と訊いてきたので、淳一は「トイレが二つあるといいのだが」と答えていた。マンションに着くと、確かにトイレが二か所にあり、しかもバスルームも二つ備わっていた。

一発でこれだと決まった。中古だがリフォームされていて小ぎれいなマンションだった。何よりも眺めがよかった。眼前に海が広がり、昼間だったら相模灘に浮かぶ初島も遠望できるだろう。購入の打ち合わせに二度ほど熱海に行き、三月には最終の支払いを済ませた。

アメリカに帰り、住んでいた家を売ることになった。少しずつ家の片付けをしていたが、売ると決まると整理に拍車がかかった。ある程度片付いた時点で、「売家」の看板を表に出した。すると、少しずつ見に来る人が現れるようになった。

アメリカでは家を売りに出す時、「オープンハウス」と呼ばれる内覧会が行なわれる。その日は案内役の不動産業者だけが家に残り、家主は家を空ける。当日は持ち主に気兼ねなく家中を見ることができるので、普段より何倍かの人が見学に来る。そのため二人は、前の日に家の片付けをいつもより丁寧にした。

夕食の後、頼子はいつものように皿洗いを始めた。淳一が「代わろうか」と訊くと、「一人で大丈夫」と断わった。そういう時は、余力があると思い、頼子に任せることにしている。すでに六月に入っていたが、ワシントンはすでに真夏といってもいい暑さであった。淳一は地下のほうが涼しいので、下へ降りてソファーで横になった。少し休んでから引き続き家の片付けをしようと考えたからだ。

十分くらい経って、階段のところで大きな音がした。行ってみると、踊り場で頼子が仰向けに倒れていた。口を開け、金属音のような、言葉にならない音を発している。淳一は駆け寄って「どうしたの？」と何べんも声をかけたが、応答はなかった。頭の後ろに手をやると、べっとりと血が付いてきた。

動転した淳一は、ただちに救急車を呼んだ。二台の救急車が来て頼子は患者用、淳一は別の車に分乗した。自宅は環状線に近いので、そこを通って五キロほど先にあるサバーバン病院に到着した。

頼子が手当てを受けている間、淳一は通された別室で待機した。しばらくすると医師が入ってきて、頼子が亡くなったことを告げられた。頭を壁にぶつけ、出血多量で亡くなったのだが、普通では考えられないと言う。詳しい説明を求めると、おそらく以前から脳の血流状態に異常があり、そこへ強い打撃が加わって、出血多量となったと考えられると説明を受けた。

先ほどまで頼子は、いつもどおりに食器を洗っていた。しばらくキッチンを離れて地下で休んでいる間に倒れ、帰らぬ人となってしまった。到底現実のこととは思えない。淳一はそれをどう受け止めていいか分からず、呆然自失となった。医師の案内で病室に入り、頼子が横たわるベッドの横に立った。

蘇生のためにあらゆる手段が尽くされ、さまざまな手当てを受けたことは容易に想像される。治療のさなかに、苦痛の声は発していなかったようだ。顔からは血の気が引き、蒼白となった表情には疲労感が漂っていた。淳一は額《ひたい》に手を置き、そっと頬を撫でた。お腹の上に置かれた頼子の両手を握ったが、わずかに温もりが残り、冷たくはなかった。

「お気の毒さまでした。お悔やみ申し上げます」

手当てをした看護師の一人が、慰めの言葉をかけてくれた。病室は、お悔やみのひと言でも言わなければどうにもならないほど重苦しく、無力感で漲《みなぎ》っていた。

「タクシーを呼びましょうか」

頼子の手を握りしめている淳一に、看護師が声をかけた。頼子のそばから立ち去りにくいが、いつまでもそうしてはいられない。その言葉に応じ、淳一はタクシーに乗ると病院を去った。

帰宅した淳一にとって、自分の家はこれまでの我が家ではなかった。いつもは鍵を開けて家に入ると、外での緊張感がほぐれ、ホッとする。その安らぎの場が突如なくなり、これまで味わったことのない異空間に身を置いたような気分だった。空間全体がとてつもない大きな叫びをあげているのを感じた。頼子は今、病院のベッドに横たわっているが、もはや永久に家に帰れない。その苦しみを家中が察知し、大きな唸り声をあげて空間に響き渡っているのを感じた。

咆哮《ほうこう》する空間に身を置く淳一は、体中が火照《ほて》って汗が流れ、頭が破裂しそうであった。何をどうしていいか分からない。救いを求め、気心の知れた友人の宮原に電話をかけた。取り乱す淳一を慰めたあと、打ち合わせのために翌朝来てくれることになった。淳一は電話を切ると、不動産業者に連絡を取って頼子の死を知らせたあと、明日のオープンハウスの中止をお願いした。

次の日は日曜日であったが、宮原は午前中に来てすぐに葬儀のことなど今後の相談に乗ってくれた。打ち合わせが終わると、二人は葬儀社へ向かった。

葬儀の手順を聞いたあと、祭壇の飾り付けや費用などについてマネージャーと話し合った。葬儀社を立ち去る前に、頼子の亡骸《なきがら》が安置されている部屋に入った。病院からここへ運ばれたあと、頼子の顔には薄化粧が施され、奇麗な顔に変わっていた。まるで生きているような表情は、語りかけたらすぐに応えてくれそうな感じがした。

淳一は、小声でそっと名を呼び、語りかけた。頼子からの声なき声を、目を閉じて必死に聞こうとした。

「寒くないかい」

冷房が効いた霊安室に、頼子は薄着だけで横たわっている。繰り返し声をかけていると、生きた人間に呼びかけているように思え、ずっと続けていたい気がした。外で宮原や葬儀業者が待っているのに気付き、後ろ髪を引かれる思いでそこを出た。

淳一は葬儀社のマネージャーに、頼子を柩《ひつぎ》に入れる時、どんな衣裳にすればいいかを訊ねると、

「生前、お気に入りだった服と靴を選んで持ってきていただければ大丈夫です。それとは別に、柩の中に入れてほしい物がおありでしたら、それもご持参ください」

と依頼された。

頼子には、どの衣裳を着せて旅立たせてあげようか。

淳一の脳裏に二つのドレスが浮かんだ。一つはシャネル、もう一つは頼子お手製のパーティードレス。どちらもお気に入りのピンク色をしている。淳一は熟考し、頼子が自ら縫ったパーティードレスを選んだ。銀行のクリスマスパーティーに合わせ、毎年ピンクのドレスを作っていたが、その中から初めて作ったドレスに決めた。

頼子はかつて、淳一の同僚の奥様方に訊かれた時、ピンク色のドレスの由来をこう語った。昔から「敷島の大和心を人問はば朝日に匂ふ山桜花」という本居宣長の和歌《うた》が好きであった。私は大和撫子だから、その和歌に因《ちな》んで桜色のドレスにしたのだと。

淳一は真っ先にそのことを思い出したが、次に頼子がワシントンに来て、何をしていたかを考えた。大使館の受付をしっかりこなし、私塾での生徒の指導を行なった。とりわけ作文、詩、短歌、俳句では類稀なる指導を行ない、生徒の親たちからも絶大な信頼を勝ち得た。

指導を通して頼子は、生徒たちに「大和心」を教えたのだと思った。アメリカで英語教育を受ける生徒に、日本人として忘れてはならない「大和心」をしっかり教え込んだのである。それが海外子女教育振興財団主催の文芸作品コンクールで審査員の心を摑み、ワシントン日本語学校の補習校である塾が、世界一の指導校として認められたのである。

頼子の着るドレスが決まったあと、足元の左右にシャネルのドレスも畳んで入れることにした。いずれもピンク色のドレスである。頼子はシャネルの服が好きで、おそらくワシントン中でも一番多くシャネルを持っていた女性だと思う。

　柩の中はピンク色の服でいっぱいになったが、そこには大和心を表す桜色に包まれて旅立ってもらいたいと願う淳一の切なる思いが込められていた。


　お通夜には、次から次へと人びとが訪れた。お気に入りのピンクのパーティードレスに身を包んだ頼子の顔は気品に溢れ、若々しく輝いていた。花に囲まれた柩の足元にはシャネルの服も二着置かれ、心置きなく旅立ってもらうよう祈った。

　頼子と淳一の結婚生活を回想したCDを友人にまとめてもらったので、弔問客は映像を見たあと、死者を悼《いた》む音楽が流れる中、頼子の柩のところに集まって、最後の別れを告げた。

　葬式は、バージニアにある日本の寺から僧侶をお呼びして執り行なわれた。花が大好きだった頼子のために、友人知人たちからたくさんの花が届けられ、部屋いっぱいに飾られた。頼子が若くて美しかった頃の拡大された写真が弔問客を見つめる中、厳かにお経が唱えられた。

　葬式が済むと、頼子の柩が葬儀社のビルに運ばれた。その中に遺体を焼く場所が用意されている。大部分の参列者はそこへ移動し、頼子を見送った。通常、日本では火葬の後、骨揚げが行なわれる。骨が炉から出てくるまで、参列者は待機し、骨と灰になったお骨《こつ》が骨壺に収められるのを見届けるのだ。この時、二人の人がペアになり、箸を片方ずつ持って骨のひとつを摑み、壺に入れる。骨になった人が小さな壺に収まり、やがて墓に入って人生の幕が下りる。人それぞれの思いはあろうが、厳粛な儀式の中で人生の何かを学ぶ。

ところが、アメリカではこうした習慣はなく、葬儀業者が後で骨壺に収めるという。淳一はそのやり方に、死者に対する冷淡さを感じたが、文化の違いなので致し方なかった。

帰国後、頼子の遺骨は、那覇にある照喜名家の墓に入れるが、高野山のお寺に頼子の両親、そして若くして他界した弟が永代供養されているので、分骨をしてもらった。

淳一は頼子が亡くなったことを、沖縄にいる弟妹に知らせた。二人は葬儀に出席するため、ワシントンに来ると言ったが、淳一はそれを断わった。ノーフォークにいる妹の恵美子は、淳一から頼子が亡くなったことを聞くと、夫と共にすぐさま駆けつけてくれた。彼らは淳一の家に泊まり、葬儀の手伝いをしてくれた。

恵美子は葬儀の様子をスマホで写真に撮ると、沖縄にいる弟妹に送った。弟妹は葬儀の進行が具《つぶさ》に分かり、感謝した。淳一と恵美子は同時期にアメリカに来たが、恵美子が親身になって葬儀を手伝ってくれたことに、肉親の情を強く感じた。

淳一は喪主として、夫として、遅滞なく葬儀を執り行なおうという思いが強く、気が張っていたが、滞りなく済んで一人きりになると、放心状態になった。朝起きても挨拶の言葉を交わす人はいない。食卓に着いても、いつもならパンを焼く匂いやコーヒーの香りで満たされるキッチンは冷え切ったままだ。ああ、頼子はもうこの世にはいないのだと思うと、ひしひしと寂寥感に包まれ、虚しさを感じた。

健康に留意して、もう少し体のケアに気を付けていたら、こんなことにはならなかった。悔やんでも悔やみきれず、淳一の胸は痛んだ。かなり前から、脳の血流に欠陥があったと医者は言った。だが、頼子の死因は、死んでから分かったことだ。アメリカに来て四十六年間、一度も病院に行っていない、というのが頼子の自慢であり、誇りでもあった。淳一のほうも、それをすばらしいことだと思い込み、健康な頼子を信頼して何の疑いも抱かなかった。

それがいけなかったのだ。もう年なのだからと説得し、何がなんでも病院に連れて行って、定期健診を受けさせるべきであった。今となっては取り返しがつかないことではあるが、妻の健康をしっかり守ってあげられなかった自分の至らなさを、淳一は悔やみ続けていた。

頼子はこの世にいないと知りつつも、淳一は彼女の面影が漂う場所に足繁く通った。週に一度は、頼子のお気に入りだったスーパーに食料品を買いに出かけた。

いつも頼子の服を褒めてくれた店員が、一人で来るのを見て不思議そうに訊ねた。

「奥さんはどうしたの、お元気？」

「少し体調を崩してね。家で休んでいるんだ」

淳一は本当のことを言わずに答えた。

「早く元気になって、かっこいい服を見せてほしいよ。奥さんによろしくね」

淳一は、頼子が死んだことを店員たちに言えなかった。気が良い人ばかりなので、悲しみを与えたくなかった。死んだことを告げて、悲しんでもらうのが頼子のためにいいのではないかとも思ったが、言わないほうがいいと判断した。いつかまた、元気になって店に来ると思わせたほうが店員にもいいし、死んだ頼子のためにもそれがいいと思った。

入り用なものを棚から下ろし、カートに入れる。そういった単純な行動を繰り返し、買い物に没頭している間は何の支障もないが、ふと立ち止まり、買い物をする元気な時の頼子を思い出してしまうと、胸の内が苦しくなってくる。フライドポテトが大好きだった頼子は、いつも「二杯分ちょうだい」と注文し、紙袋に多く入れてもらった時など、少し離れた淳一のところまで嬉しそうな顔で歩いてきて、「少し多めにサービスしてもらったよ」と得意気に言った。淳一もつられて嬉しくなり、「それは良かった」と答えるが、ほんのわずかなおまけに気を良くした二人は、買い物に弾みがつくのであった。

スーパーでの何気ないひとコマが頭をよぎると、懐かしさと同時に、最愛の妻はもういないのだという寂しさに襲われる。するともう、その場にはいたたまれなくなり、足早に店を出るのだった。

ところが不思議なもので、食料品の売り出しの日になると、またそのスーパーに足を運んだ。そこへ行けば悲しくなってしまうが、頼子と一緒に買い物している気分になれるからだ。スーパーには今でも頼子の霊が漂っていて、淳一が来るとやさしく迎えてくれるような気がした。

熱海へ

家を売りに出してから、たくさんの人が見に来たが、やっと買い主が現われた。さっそく、不動産業者を介して売却することにした。九月の終わりに家を引き渡すことになり、それまでに日本に送る荷物をまとめ、運送会社に引き渡した。

四十六年もアメリカに滞在したので、相当の荷物になった。運送会社の社員が、ワシントンでたくさんの荷物を扱ってきたが、個人の荷物としてはこれまでの中で一番多いと驚いていた。

熱海には、予定したとおり九月の終わりに到着した。電気、水道、ガスが通じていなかったので、管理人からいろいろ教わりながら手配を終え、どうにか日常生活を送れる態勢が整った。

食べ物を買うにはスーパーに行かなくてはいけない。しかし、歩いて行ける距離にはないので、タクシーで行った。基本料金よりも遠いところにあるので、往復となるとかなりの出費となる。できればすぐに車を購入したいと思った。淳一の免許証はアメリカで得たものだったが、国際免許証だったので、幸いにもすぐに車に乗れた。

国際免許証の有効期限は一年間あるので、しばらくはそれで運転できる。そのうちに日本の運転免許証を取得すればいいのだが、日本の免許証への切り替えが何らかの方法で可能ならば、それに越したことはない。

その手続きをする場所が沼津にあると聞いたので、さっそく行ってみた。係官が出す問題に対し、その場で論文形式の解答を書き、それに合格すればよいと言われた。その後、視力検査に合格すれば、晴れて免許証を取得ができる。

淳一は控えめな態度で係官に接し、好印象を与えたので、すべてがうまくいったようだ。何度か足を運ぶ必要があるのかと考えていたが、一日で日本の運転免許証をもらうことができた。

沖縄の弟妹が揃って熱海の新居を訪ねてきた。高台にあるマンションは眺めが良く、熱海の海が一望できる。近くには初島が、遠くには伊豆の大島まで見える。午後の四時からはマンションに付属する温泉にも入れる。沖縄からはるばる温泉旅行に来たような気分になれるので、二人は大いに満足して帰った。

十一月になると、ワシントンから送った荷物がようやく届いた。組立が必要な大型の荷物は運送会社がやってくれたが、小型のものは自分で箱を開け、並べていった。すぐに必要でないものは未開封のままでまとめておいた。

アメリカから持ってきた頼子の遺骨は、那覇にあるお墓には入れていない。その墓地はいずれ市の公園になる予定なので、別の場所へ改葬することになる。新しいお墓が決まるまで、頼子の遺骨はそばに置いておくつもりだ。

淳一は、熱海湾が眼前に広がる窓際に小さなテーブルを置き、頼子の写真数点と遺骨を置いた。アメリカで暮らしていた時、淳一の家では毎朝必ず仏壇にお茶をお供えしていた。それに習い、居間の窓際のテーブルにも茶碗を置き、朝になると茶を供えた。淳一はその時、頼子の写真を海のほうに向けて、そっと朝の挨拶を囁《ささや》くのであった。

荷物の整理は大仕事だった。次々と箱を開け、その処理が済むと、ひと休みした。窓際にある頼子のコーナーには椅子が置いてあるので、そこでお茶を飲みながら休憩した。

荷物の整理が一段落ついたある日、淳一は高野山へ行くことにした。和歌山県にある真言宗の総本山には、すでに頼子の両親、そして若くして亡くなった弟の正一が永代供養されている。そこに頼子の遺骨を収めようと、すでにアメリカでの葬式の時、分骨しておいたのだ。

これまでにも数回、高野山を訪れたことがあった。いつも頼子と二人だった。それが今回、一人で行くので違和感があったが、頼子の遺骨も一緒なのだからと自らを納得させた。そういえば、お遍路などの霊場巡りでは、いつも弘法大師が一緒にいてくれる、という意味で「同行《どうぎょう》二人《ににん》」という言葉があるが、淳一はこれからも頼子と同行二人の精神で日々を送ろうと心に誓った。

高野山に行くには、南海高野線の極楽橋駅からケーブルカーに乗る。急な勾配を昇っていくが、到着しても改札口を出るまで、石段を上がらないといけない。淳一の目の前に、腰の曲がったおばあさんが、中年の女の人の手を借りながら、ゆっくり昇って行くのが見えた。

二年前、二人で高野山に来た時、頼子は前を行くお年寄りよりも元気な様子で、石段を上がっていた。おばあさんを見ながらその時の様子を思い出し、あんなことになるのならなぜ病院行きを勧め、精密検査を受けさせなかったのだろうか。そうすれば、脳の血流異常だって見つかり、早期の治療も可能だったろう。そして元気で、この石段を昇れたのにと悔やみ、遺骨を握りしめて揺さぶった。

改札口を出て、停まっているバスに向かって歩いた。冬に入っているのに、さほど寒さを感じなかった。お寺まではバスで行く。いつもは満員で混んでいるが、この日は閑散としていた。日本人はちらほらいるだけで、ほとんどが外国人の乗客だった。

バスを降り、お寺に向かった。紅葉の色づいた葉っぱを残している木もあったが、ほとんどが散ってしまい、幹と枝を剝き出しにしていた。踏み石伝いに入り口に向かった。

新たな永代供養を加えるので、普段より手続きに時間がかかった。お茶を飲みながら待っていると、お坊さんが来て、読経の用意ができたことを告げた。

読経をする広間は細長くて、五十畳くらいの大きな部屋である。横に長い祭壇が幾重にも並び、その上に永代供養の位牌がたくさん置かれている。あちこちに大小の提灯が吊るされ、部屋全体をぼんやりと照らして心安まる空間を演出している。

淳一は、後方に置かれた長椅子に腰を掛けた。本来は正座が苦手な外国人向けにしつらえたものであろうが、日本人でも座る人が結構いた。真ん中にガスヒーターが置かれているので、部屋の中では一番暖かいところである。

頼子と来る時は、いつも十一月の終わり頃が多く、すでに暖房器具が置かれている。下界とは相当に温度差があり、山頂に着くと空気は冷たい。今年の冬は暖かかったが、それでもヒーターの近くは心地良かった。

やがて読経が始まった。お経の初めのほうは難しい言葉が続くので、いつもは上の空で聞くことが多い。しかし、終わりに近くなると、永代供養をお願いした者の名前が呼ばれるので、その時は耳をそばだててよく聞く。このたびは頼子の供養のために来たので、彼女の名前をしっかり聞き届けようと、いつも以上に神経を集中した。頼子が新たに加わったので、ご先祖様と仲睦まじく過ごしてもらいたいとの祈りであろう。淳一にはそう聞こえた。

今回は、お寺に泊まることにしたので予約を済ませておいた。頼子とは一度も泊まったことがなかったが、いつか泊まってみたいと言っていたのを思い出したからだ。夕食は早めに出るので、お風呂は後にいただくことにした。

夕食の準備ができたと案内があり、部屋に通された。畳十畳ほどの大きな部屋で、一人で食べた。壁には古い絵が掛けられ、襖には時代がかった水墨画が描かれていた。描いた人の名前も見えるが、達筆過ぎて淳一には判読できなかった。

運ばれてきたものは、山菜が主体の精進料理であった。掛け軸や襖の絵を見ながら食べていると、その時代にいるような心地がした。時折目を瞑《つむ》り、はるか昔に思いを馳せながら、舌鼓を打った。

食事を始める前、淳一は隅に置いてあった座布団を横に敷いておいた。こうして、頼子が一緒に食事しているような雰囲気を作った。生前、外でご馳走を食べる時、小食の頼子は食べ切れないものを箸で取り、淳一の皿の上に置いた。今日の料理だと、頼子は何をくれるだろうか。ありし日の仕草や表情を思い浮かべながら、料理を食べる頼子の姿を思い浮かべた。

風呂から上がると、用意された浴衣に着替えた。湯上がりなので体は温まっている。置いてあるガスヒーターはかなり高めになっていたので、温度を低めに設定した。冬の高野山は寒いというので、股引《ももひき》まで用意してきたが、その必要はなかった。

消灯して布団の中に体を入れた。さすがに虫の音は聞こえず、ただ夜の静寂を感じるだけだ。静かに目を閉じた。今、高野山の深遠な空間に一人身を置く自分を想い浮かべ、闇の中に横わった自分が次第に小さくなっていくのを感じながら、眠りの中に入っていった。

寺の朝は早い。朝食は六時で、勤行《ごんぎょう》は七時から始まる。祈禱の場に行くと、すでに外国人が二、三人来ていた。ガスヒーターが置かれた、後ろの長椅子に座った。室内は、昨日と同じたたずまいであるが、朝の清々しい気で満たされていた。僧侶が唱える読経の声にも、瑞々《みずみず》しさが漂っていた。

昨日の読経は特定の人のためだが、朝の読経は永代供養されているみんなのためのものである。いつ自分の身内の人の名前が出てくるか身構える必要もなく、ゆったりと聞けた。

次は、家内の命日の六月四日に来ますと、親しくなったお坊さんに告げ、寺をあとにした。

下山すると大阪へ行き、定宿にしているホテルに泊まった。ここは頼子が気に入って、大阪に来るたびに泊まった場所だ。頼子はここのラウンジの食事が大好きであった。二十階以上の部屋に泊まると、朝食、昼のブレイク、夕食と、いずれも無料で提供される。そこで頼子は、ラウンジの時間に合わせ、大阪でのスケジュールを決めていた。

これまでのラウンジは三階にあったが、今度行ってみると、最上階の二十四階に移っていた。上がってみると、アッと驚くほど夜景がきれいだった。淳一が泊まっている部屋も二十階なので、夜景がきれいに見えるが、小さい窓からの眺めなのでラウンジほどの広がりがなかった。

移転したラウンジは、四方の窓がすべて開け放たれているので壮観だった。左右に広がるビルの窓には照明が輝き、その周囲は色とりどりのネオンやＬＥＤの灯りで埋め尽くされている。光のパノラマがいち時《どき》に目に入ってくるうえに、網の目のような道路が遠くまで広がり、その上を車が音もなく走って行く様子が、まるで未来都市のような眺めだった。星の輝きはかき消されて見えないが、夜の闇が背景として、光り輝くパノラマ絵を支え、くっきりと浮かび上がらせている。

絢爛豪華な夜景を見ながら、頼子が生きていてこれを見たら、さぞかし喜んだことだろうと思った。心の中でそっと「君もこの光景を見て、あまりの素晴らしさに驚いただろう」と語りかけた。

頼子が亡くなった時、日本にいる親戚や知人には電話で知らせた。その時、このホテルのフロアマネージャーとは懇意にしていたので、知らせておいた。だから、頼子のことはマネージャーを通して、従業員には伝わっていた。

ラウンジに勤めるスタッフの中に、頼子のお気に入りの女性がいた。ラウンジの食事を終えてエレベーターに向かうといつも、彼女はエレベーターまで付いてきて、ボタンを押してくれた。

エレベーターを待つ間に、

「お二人を見ていると、小津安二郎の映画に出てくる老夫婦を思い出します」

と言って二人を喜ばせてくれたことがあった。頼子はこの言葉をとても気に入って、アメリカからちょっとしたプレゼントを持ってきて、手渡したことがあった。

その女性が、淳一に気付くとテーブルまで来て、

「マネージャーから奥様のことをお聞きし、びっくりいたしました。本当にご愁傷様です」

そう言って目に涙を浮かべた。それを見て淳一はびっくりした。そういえば、頼子が亡くなったあと、涙を浮かべる人を見たことがなかった。それはきっと、淳一のクールな態度に影響されてのことだと想像された。淳一自身、頼子の死に際し、涙を流していない。人前でも、一人になっても同じだ。淳一が悲しい素振りを見せないので、周囲もそれに合わせ、涙を見せないよう気遣っていたのだろう。

ラウンジの夜景のすばらしさと、そこで働く女性が頼子の死を悼んで流した涙。この二つのシーンは、熱海に帰る電車の中で何回も浮かんでは消えた。その間、頼子が生前言っていた言葉を思い出した。

「私たちの結婚五十周年の会は、このホテルにみなさんをお呼びしてやりましょうよ」

五月十日がその五十年目の記念日であった。しかし、主役の一人がこの世にはいない。けれど、パートナーはいなくても、五十周年は五十周年だから、記念のパーティーを開催してもおかしいことはない。そう考えると元気が湧いてきた。

熱海に帰った淳一は、窓から熱海の海を見た。青空の下、海は穏やかな表情を浮かべてたゆたっていた。テーブルの上の写真を見ながら、

「来年は、大阪のあのホテルで五十周年のパーティーをやろうよ」

心の中で頼子に呼びかけた。写真をじっと見つめる眼差しに生気が溢れ、静かな炎が燃えていた。

結婚五十年の会

年が明けると淳一は、二月から結婚五十周年の準備に取り掛かった。大阪のホテルに行き、宴会の係の人に会って考えているプランの大枠を説明した。

五月十日が記念日なのだが、平日の水曜日に当たるので、十三日の土曜日にした。招待客はおよそ五十人とした。沖縄の親戚が十人、大阪から頼子の親戚が十人、淳一の友人や知人が十人、火曜・木曜教室の関係者が二十人である。会の終了後、ラウンジでドリンクを飲みながら

談笑し、旧交を温める。料理は和食にした。

その日ホテルで宿泊する人は、すべて十九階以上に泊まってもらうようにした。眺めが良いし、翌朝、ラウンジで朝食を食べると無料になるからだ。ホテルで宿泊する予定の人は、決まり次第、淳一が予約を入れることにした。

ホテルで一泊した次の日、淳一は新幹線で熱海に向かった。窓から外を見ていると、景色がアッという間に過ぎていくが、頭の中は五十周年の会のことでいっぱいで、見ていないのも同然だった。

ホテルには五十人くらいと言っていたが、優に七十人はいきそうである。問題は費用であるが、すべてこちらで持つことにした。宿泊を希望する方のホテル代、食事代、ラウンジでの飲み物代、それに余興として、プロの音楽家にバイオリンの演奏をお願いした経費もかかる。ただし、交通費だけは招待客に負担してもらうことにした。

これらの費用を合わせると、相当な額になるなと淳一は思った。だからといって、お祝いのお金や品物を受け取ってはいけない。確かに相当の出費ではあるが、淳一と頼子の間に子どもはいない。いたとしたら、養育費に相当の出費があったはずだ。子どもが大きくなったら、結婚の費用もそれなりにかかる。そういう風に考えると、今回の出費くらいはどうということはない。淳一はそう考えて納得した。

熱海に着き、その日は丸一日休息にあて、次の日から電話で招待客への通知を始めた。

まずは、身内から始めようと思い、沖縄に住んでいる姪の恵子に電話した。恵子は弟浩の娘で、身体に障がいがある。

「まだ少し先の話だけど、五月に頼子おばさんとの結婚五十周年の会をやることにした。本当は五月十日が記念日だけど、その日は平日になるので、十三日の土曜日に決めた。場所は大阪のホテルで、もう予約は済ませた。沖縄からだと、飛行機代が高くて申し訳ないけど、これだけは自己負担でお願いしたい。足代は招待した人みんなに自腹でお願いすることにしたんだけど、その代わりあとの費用は全部、おじさんが持つつもりだ。会のことは真っ先に恵子に知らそうと思ってね。このことは、恵子からお父さんにも伝えておいてください。そのあとは、お父さんから沖縄のみなさんに知らせてほしいんだ」

淳一は会の通知をする時は、身体にハンディキャップのある恵子に真っ先に知らせようと考えていた。おじさんが、そんな自分に真っ先に知らせてくれたのだと思えば、自分は親族の中でちゃんと認められているのだと自信が持てるだろう。ちょっとした気配りかもしれないが、少しでも恵子が喜んでくれるのなら、それに越したことはない。

「おじさん、とっても素敵な計画だわ。真っ先に知らせてくれてありがとう。お父さんや、お母さんにも言っておくから。そのあとはお父さんから、みんなに伝えてくれるから」

恵子の弾んだ声を聞きながら、とても喜んでいるのを知り、淳一も嬉しくなった。自分一人で考え、計画を練ってきたが、このあと大勢の招待者に伝わっていく中で、やるべき事柄も増えていくことだろう。それを思うと、淳一は次第に高揚感を覚え、次々と電話をかけまくった。

大阪や名古屋に住む甥や姪に知らせたあと、大阪で頼子がお世話になった人にも電話した。

淳一の大学時代の友人には、伝達係として原田を選び、彼を通じて案内してもらうようお願いした。原田という男は、何かにつけ、いろいろと小まめにやってくれるタイプだ。プランの概要を原田に告げ、それをみんなに伝えてもらうことにした。

問題は、火曜教室と木曜教室の関係者である。何といっても、ワシントンで四十年も塾をやってきた。教え子は相当な数になるし、もしかすると両親の誰かが出席したいと言い出しかねない。住所が分かる者を先にして、分からない者の連絡先を訊けばいい。その中から、淳一の考えでどうするか、決めればいいのだ。

淳一は塾の関係者に招待状を書く際、雛形を作ってコピーするのではなく、一人ひとりに手で書いた。手間はかかるが、そのほうが気持ちが伝わると思った。

なお淳一は、その招待状を教え子ではなく、親宛てに送った。なぜかと言えば、教え子たちが帰国したあと、ほとんどは両親との文通による方法が主だったからだ。数日後、彼らから丁寧な返事が来たが、断わりの文面がほとんどであった。中には、自分たちは行けないが、招待状は子どもに回したという人もかなりいた。

教え子からの反応も、少しではあるがあった。その中の一人が藤野誠也である。お父さんの手紙によれば、兄の秀樹と二人、東大、そして東大の大学院を出て、弁護士になっているという。誠也の奥さんも弁護士だそうである。彼はパソコンでメールを送ってきたが、一人で出席したいと書かれていた。奥さんと小さい坊やが一緒に写った家族写真が添付されていた。

淳一はその写真を見て身震いした。すぐに、できたら是非一家で大阪に来てほしいとお願いした。誠也は奥さんの承諾を取り付け、一家で来ることになった。じつにかっこいい、教え子一家である。そういう教え子が来てくれるのは本当に嬉しい。頼子が生きていたら、泣いて喜んだであろう。彼のメールを読み、淳一の心は弾んだ。

奥さんや子どもを連れて参加してくれた人は、他にもいた。通信社に勤める塚本雄一郎である。かつて頼子は、大使館に二十年勤務し「永年勤続表彰」を受けた時に、外務省から東京に招待されたことがあった。その時、二つの教室のご両親が赤坂で記念パーティーを開催してくれた。すでに日本に帰国し、大学で新聞部の部長をしていた彼は、自分が書いた記事をいっぱい持ってきて、頼子と淳一に見せてくれた。その子が今や、本物のジャーナリストとなって活躍している。

五十周年の会については、母親が連絡してきたようだ。出席を知らせるメールには、自分が今どんな仕事をしているのか、たくさんの情報が添えられていた。その後も、淳一のパソコンに次から次へとさまざまな情報が送られてきた。どうやら、雄一郎は自分を語る名手であり、この特技を五十周年の会の時に生かせないものか、淳一は頭を捻《ひね》った。

もうひと組、家族同伴で出席する生徒がいた。それは山中大輔である。東大卒業後、財務省に入り、そこからハーバード大に留学した。勉強を終え、帰国する前に奥さんを伴ってワシントンに立ち寄った。その時、一緒に食事をしたが、頼子が亡くなる二年前にも出張でワシントンに来た折、会食する機会があった。頼子と淳一は、大きくなった教え子の中では、彼と一番よく会っていたことになる。

大輔の母親は、現在、参議院議員をしている山中律子で、火曜教室が誕生した時の発起人の一人である。会には出席するが、途中退席して東京に戻るとの伝言があった。また、奥さんと長女は都合がつかず、来られないそうだが、次女は彼と一緒に参加してくれることとなった。

頼子はハンサム好みで、顔立ちの良い男子生徒には若干高目の評価を与えていた。毎朝新聞の田代亮は、ハンサムなうえに、人柄も申し分なかった。東大では茶道部に入り、空手もやっていた。彼には二人の娘がいたが、その子たちも木曜教室に入っていた。

お気に入りの生徒の娘なので、頼子は特に目をかけ、勉強も作文指導も心をこめて教えた。上の娘幸子は大学を出て、現在、法律事務所に勤めている。次女の亜矢は父親同様新聞記者になり、しかも同じ毎朝新聞に勤務している。田代亮は、東大時代に習った茶道が縁で、今でも時々、OBとして部活動に顔を出し、指導に当たっているそうだ。今回、田代家は全員出席するとの返事をもらい、淳一はとても楽しみにしている。

女子の教え子では、プールでよく泳いでいたメンバーから、母親と一緒に来ると連絡があった。父親の帰国に伴い、小学四、五年生でワシントンを去った子どもたちは、大学を卒業して今春から就職する子、来年に備えて就職活動している子と、社会人として新たな門出を迎えようとしている。早いもので、十年ぶりの再会になる。どのように成長したのだろうか、それを思うと淳一の心はときめいていった。

記念会の前の晩から、淳一はホテルに部屋を取った。ホテルのスタッフと詰めの打ち合わせが残っていたからだ。

開始時間は夕方の六時からだが、三時頃にはフロントで待機し、出席者を迎える予定だ。宿泊する招待客が来たら、彼らがチェックインする前に淳一が確認し、封筒を渡す。その中には部屋の鍵が入れてある。

六時前には、ほとんどの客が来ていたので、淳一は会場に行った。母親と一緒に来る予定の、教え子の山本百合子だけが遅れると知らせがあったので、五分遅れでスタートした。

会場に入ると、ホテルの係が来て、「奥様のお写真は、今どちらにありますか」と淳一に訊いた。前に打ち合わせた時、写真を置く台を会場の前に設けることになり、熱海から持ってきたが、部屋に忘れてきたので、急いで取りに行った。アメリカでの葬儀の時、頼子の遺影を二つ作ってもらったが、そのうちの一つである。赤い服を着て、真珠のネックレスをしている。少し小ぶりであるが、淳一はこちらの写真が気に入っていた。

もう一つの大きいほうは、二人の結婚式の写真である。初めは二人とも和服姿であったが、お色直しの時に洋装に着替えた。淳一は銀行を退職した後、ワシントン日本語学校の校長の要請があって、そこで十年ほど生徒を教えた。中学三年生の卒業アルバムを作る時、お気に入りの写真を持ってきてほしいと言われたので、これを渡した。卒業アルバムが出来上がった時、この写真はみんなから大好評だった。

いよいよ結婚五十周年記念パーティーが始まった。主催者である淳一が壇上に立ち、スピーチを始めた。会の式次第は設けず、淳一の司会で進めていくので、みなさん自由に歓談し、たくさん召しあがってくださいと挨拶したあと、

「今日は頼子と私の結婚五十年を記念する会なので、まずは二人の馴れ初めから少しずつお話ししていく予定です」

と言ってみんなを笑わせた。

乾杯に移る時、淳一はテーブルの上のグラスに水かビール、あるいはワインを入れることを促した。この場合、「入れる」か「注ぐ」か、どちらの言葉が良いか、頼子ならきっと、淳一が間違って使うと、間髪を入れずに訂正するだろう。こういう風に言葉に厳しかった頼子のエピソードを入れた後、乾杯の音頭を取ってもらう横田雄一を紹介した。

横田はかつて、警視庁からワシントンの日本大使館に出向していたことがあった。その時頼子は受付をしていたので、部下と上司の間柄であった。その後、警視庁に戻り、今は退職したが、出世して上のほうまで登り詰めた人だ。簡単な紹介の後、横田はステージに上がった。

横田は、すぐには乾杯の音頭に入らず、自分の家族と頼子・淳一との関係を話し始めた。一代目は自身と頼子との関係。二代目は娘吉乃が日本語学校で頼子から教わったこと。次なる三代目は、吉乃の娘夏代と息子幸一が火曜教室に入塾し、頼子と淳一から指導してもらったこと。縁《えにし》の糸は三代まで結ばれ、今日まで続いていると述べて、聞き入る者たちを感動させた。横田はそのあと、乾杯の音頭に入った。

会食の合間に次々と出席者のスピーチが続いた。初めは、参議院議員をしている山中律子がマイクの前に立った。山中は火曜教室の発起人の一人であり、その教室のクリスマスパーティーを提唱した女性だ。淳一は彼女を紹介し、山中は頼子と淳一が子どもの勉強と作文をしっかり教えてくれたことを心から感謝して話を終えた。

次のスピーカーは、毎朝新聞の田代亮である。ハンサムな田代は十年後も若さを保ち、今も変わらずダンディーな見映えだった。田代は二人の娘を木曜教室に通わせたが、頼子が二人の娘をしっかり教え、国語の基礎を身に付けさせてくれたと語った。毎朝新聞でも作文コンクールを主催しており、頼子は生徒を参加させ、数多くの賞を取らせたことも述べた。

親のスピーチはこの二人だけにして、次は教え子のスピーチに移った。どうしてそうするのか、淳一はその理由を説明した。

「次に、私たち夫婦が教えた生徒たちの話に移りたいと思います。彼らはすっかり大人になって、自分たちの道を歩んでいます。成長する過程で、さまざまなことを体験し、個性豊かな人間として活躍しています。その中に、特に自分を語る達人がいます。それは塚本雄一郎君ですが、彼にはスピーチの最後に話してもらいます。その前に元教え子だった皆さんに一人ずつお話ししてもらいたいと思います。なお、女性のほうのトリは、毎朝新聞の記者である田代亜矢さんに務めてもらいます」

教え子の最初のスピーチは、山中大輔にお願いした。

「私は、頼子先生に勉強のほうも、日本語のほうもしっかり仕込まれたので、帰国して何も困りませんでした。学芸会では劇の主役になり、そのことを先生に手紙で知らせると、とても喜んでいらっしゃいました。いつかワシントンに赴任したら、私の子どもたちを火曜教室に通わせるつもりでしたが、それが実現できず、とても残念です」

大輔のスピーチを聞きながら、淳一は頼子も彼がワシントンに赴任して来ることを心待ちにしていたことを思い出し、彼のスピーチの最後にそのことを付け加えた。

アメリカの淳一の家にはプールがあり、夏には生徒を招いて泳がせた。大西美輔《みほ》、大原奈津子、古関まりは当時、小学校の三年生で、その上に四年生の山本百合子がいた。百合子は大学を卒業し、今年の春会社に就職したという。残りは今、大学四年生だ。彼女たち四人は仲良しグループだったので、みんな母親と一緒に来てくれた。それぞれ、どんな学生生活を送っているのか、詳しく話してくれた。

田代幸子と亜矢の姉妹は、姉の幸子が先にスピーチをした。話を始める前に、淳一は幸子が小一か小二の時に書いた詩を紹介した。「おんぶ」と題された詩で、毎朝新聞社の詩のコンテストで入賞している。

「幸子さんが、とても小さかった時、お母さんにおんぶされ、しかもお母さんは、前の方に妹の亜矢さんをだっこしています。幸子さんは何か困った時、『お母さん』と叫ぶことにしている、と書いたのですが、この『お母さん』と叫ぶという個所が審査員の心を揺さぶり、賞に輝いたのだと思います」

淳一が入賞したときのエピソードを紹介すると、幸子はそれを思い出して小さくうなずいていた。続いて幸子がスピーチを始めたが、自分は小さい時、頼子先生に国語の基礎をやさしく、丁寧に教えてもらったと感謝の言葉を述べた。目下のところ、自分は法律事務所に勤めているが、仕事の内容を具体的に説明しながら近況を述べた。

次は、弁護士になっている藤野誠也がスピーチをした。兄の秀樹と二人、火曜教室に通った頃の思い出を、いかにも懐かしそうに話した。そして、弁護士として今はどんな仕事に取り組んでいるかを語った。

田代亜矢が最後にマイクの前に立つと、現在の仕事振りを話した。今いるのは毎朝新聞の横浜支局で、自分が取材した話をどう記事にまとめて書いているのか、昼夜の別なく駆け回り、締め切りに間に合うようデスクに叱られながら記事を書く様子をおもしろおかしく話してくれた。彼女の奮闘ぶりを聞いていると、小学生だった女の子が今やジャーナリストとして最前線で活躍しているのだと思うと、感慨深いものがあった。

スピーチのトリを務めたのは、予定どおり塚本雄一郎である。初めに、彼が勤めている通信社とはどのような会社で、新聞社との違いなどを手短に話してくれた。

「通信社は社員の半分以上が記者で、取材を通して得た情報をもとに記事を書き、それを新聞社やテレビ局、あるいは企業に配信しています。国内だけではなく、世界各国に記者を配置し、世界中のニュースをカバーしています。地方の新聞社だと、自分の県以外にたくさんの記者を置くことができないので、全国各地のニュースや世界各国のニュースは通信社から記事を配信してもらって紙面を埋めています。記事の最後に小さくクレジットがあるのを見たことがあると思いますが、あれが通信社から配信された記事なのです。なお、世界にもいろいろ通信社がありますが、APだとか、ロイターやAFPというのも目にしたことがあると思います。それから、地方紙だけでなく、三大新聞だってすべての紙面を自社の記事で埋めるのは大変だし、効率がよくないので、通信社の記事もたくさん載っています。両者の違いは、自分のメディアを持っているかどうかということで、記者のやる仕事は同じです」

雄一郎のスピーチは分かりやすく、通信社とはどういうものか、知らなかった人にとってとても有益な話であった。

教え子たちの熱弁に、招待客は熱心に聞き入っていた。それは儀礼的なものではなく、実際に彼らのスピーチが見事だったからだ。淳一から指名されても尻込みなどせず、マイクの前で堂々と自分を語った。

料理を食べるのも忘れ、若者たちのスピーチに聞き入っている人が多かった。それに気付いた淳一は次のプログラムに移る前に、料理が冷めないうちに食べながら、演《だ》し物を楽しむよう促すほどであった。

次の演目はカラオケ大会であった。弟の浩は大のカラオケ好きで、声にも自信を持っていた。俺の声はプロ級だと自負しており、機会があれば積極的に歌う。日頃、障がいがある娘のために献身的に世話をしている。それを労《ねぎら》うためにも、浩が得意の演歌を大勢の人の前で歌わせてあげたいというのが、カラオケを余興の一つとして選んだ本当の理由であった。

その浩を一番バッターに置いてあったのだが、折悪しくトイレに立ったばかりなので、末の弟の百果《ももか》が代わって歌った。彼は大学でバンドを作り、ボーカルを務めていた。卒業したら、プロになるのかと思われていたほど、実力はあった。淳一はB'z《ビーズ》の歌を所望したが、今回の出席者から判断して、DREAMS《ドリームズ》 COME《カム》 TRUE《トゥルー》の「LOVE LOVE LOVE」あたりが最適だろうと主張し、結局それを歌った。二番目は、中野舞がジャズボーカルを披露した。夫は外務省の元職員で営繕課に勤務した一級建築士である。世界各地にある在外公館の建設や維持に携わった。舞はいつの頃からか、ジャズを専門家について勉強し、招かれて方々で歌っている。生け花の免許も持っていて、師匠としてかなりの数の生徒に教えている。

三番目に浩が得意の演歌を歌ったあと、淳一と田辺節子がデュエットで「ふたりの大阪」を歌った。節子は今、海外の演奏家を日本に招致する活動をしている。

次にマイクを握ったのは、淳一の妹恵美子の長男キシバシであるが、アメリカで音楽活動をしている彼を、大阪と東京での公演があった時、世話をしたのが田辺節子である。カラオケの最後は、飛び入りで毎朝新聞の元沖縄支局長の川野昇が演歌を歌い、喝采を浴びた。

最後のプログラムは、プロの女性三人によるバイオリン演奏である。今回、彼女たちの招致が実現できたのも、田辺節子の尽力である。アメリカで頼子の葬儀が行なわれた時、手元にある写真を使い、夫婦二人のアメリカ生活をCDのアルバムにまとめてもらった。思い出の映像がスクリーンに大きく映し出される中、それを背景にバイオリンの演奏をしてくれたのが彼女たち三人で、焼香に集まった人たちはみな、言い知れぬ感動に包まれ、改めて頼子の冥福を祈った。淳一はあの時の感動的な場面が忘れられず、今回もぜひ演奏してもらいたいと、節子に依頼して実現したのであった。

余興の時間が終わると、式典のプログラムはすべて終了した。淳一はこの会がつつがなく終了できたことに安堵しながら、

「今日は、ようこそお越しくださいました。お蔭様で良い会を持つことができました。本当にありがとうございました」

と心から感謝の言葉を述べた。招待者にはしばらく部屋でくつろいでもらったあと、できれ

ばラウンジに行ってもらうよう勧めた。素晴らしい夜景を見ながら談笑し、ドリンクを楽しんでもらいたいからだ。

いつもだと八時以降、ラウンジはドリンクだけになるので、客は大幅に減る。しかしこの日は五十周年のお客が大勢利用したので、いつになく盛況だった。あいにく雨上がりの直後だったので、夜空には星が見えなかったが、きらびやかなネオンが霧に潤んで、普段とは違った美しい光景が広がっていた。そこへ、田代夫妻が窓際の近くで星を見たと言って、通りかかった淳一にその方角を指さした。田代夫人はクリスチャンなので、亡くなった頼子が星になり、五十周年の催しを見ていると思ったのだろう。

翌朝八時頃、淳一はラウンジに様子を見に行った。招待客の何人かがちらほら見えたが、大西美輔のお母さんが一人で食べているので同席した。

食べ終わってからロビーに行った。早目に出立する人だと、チェックアウトしてしまうからだ。今回、宿泊費は淳一が負担するので、淳一が最終支払いの時にチェックして、精算するようにホテル側に依頼してある。

弟の浩は、家族でもう一日滞在を延ばした。日本一高いビル、あべのハルカスを見るのが目的であった。ホテルで昼食をとったあと、タクシーであべのハルカスに向かった。最上階から大阪の町を見下ろした。まさに天空から下界を見下ろしている観があった。宿泊先のホテルラウンジも最上階にあるので相当高いが、高速道路を走っている車は、まだ車だと識別できる。しかし、あべのハルカスからだと、小さなアリがノロノロと這いずり回っているようにしか見えない。車椅子に乗った恵子は最初から興奮気味で、見渡す限りの絶景を楽しんでいた。それを見る浩も、ここへ連れてきた甲斐があったと喜んでいた。大阪城の方角に目を転じた。高層ビルディング群が乱立する中で、大阪城と識別するのは結構難しい。大阪のシンボルにしては、あまりにも小さいと思った。

次の日、淳一と浩たちは熱海に向かった。マンションに着くと、浩は恵子の車椅子の車輪を拭って部屋に入った。これならば、部屋の中でも車椅子が使用できる。恵子がトイレや風呂を利用する時、浩は急がず慌てず、ゆっくりと丁寧に対処していく。手慣れた熟練の作業だが、浩は神経を集中し、真心をこめてやっている。淳一は、弟の日常での苦労を目の当たりにして、人間として毎日を真剣に生きていると感心し、頭が下がる思いであった。

浩と恵子は、二日ほど熱海に滞在したあと、沖縄へ帰っていった。今までの大賑わいから一転、一人取り残されたような寂しい思いをしたが、大きな行事がすべて終わり、ホッとしたのも事実だった。長年背負ってきた頼子の死という重い現実から、ようやく解放されたような気分であった。

居間の窓際の丸いテーブルの側に椅子を置き、頼子の写真を少し脇へ寄せると、そこにスペースを作って茶碗を置いた。

「五十周年の会、無事終わった。とても良い会だったね」
と頼子の写真に語りかけた。会場には頼子の写真を飾り、見届けてもらえたはずだが、生身の主役が欠けた事実は覆うべくもない。だが、生前の頼子の業績が会をしっかり下支えしてくれたことは確実で、出席者の言葉からもそのことは十分伝わってきた。淳一はお茶を飲みながら、写真の頼子に感謝の気持ちをしみじみと伝えた。

頼子からのエール

今日の初島は薄青く見えるが、大島は霧に覆われて全然見えない。水平線と海の境目ははっきりせず、曖昧にぼやけている。その上には霧がかかり、さらにその上にはねずみ色の大気が上空に向かって、段々畑みたいに広がっていた。海の色も空の色と同じで、ねずみ色をし、海面は平らで鈍い色をした鏡のようだ。

しばらく眺めていると、大島がぼんやりと輪郭を現し始めた。空も海も同色の白っぽいねずみ色に変わった。まるで、冬のオホーツク海の流氷が押し寄せてきたかのようだ。初島に向かう連絡船が船尾に白い飛沫をあげているが、流氷を割って進む船のように見えた。

一日はのんびりと過ごし、次の日から淳一はルーティンの生活を開始した。朝は頼子にお茶と水を供え、朝食が済んだ後は散歩に出かけた。一週間ぶりの運動である。

いつものコースは、マンションを出て左側の傾斜の緩い坂道に入る。右側には鉄の棒に支えられた塀があり、その下は崖になっている。斜面には木々が生え、小さな森の様相を呈している。塀沿いには桜の木々もあり、背丈が高く、枝も道の半分まで伸びている。一か月前の満開の時には、淳一はしばらく足を止め、見蕩れていた。

満開の桜の小さな透き間から、早朝の木漏れ日が差し込んできていた。淳一はその柔らかな光をうっとりと見つめながら、遠い昔を思い出していた。

ピンク色のドレスに身を包んだ頼子の清々しい姿が目に浮かんだ。銀行の初めてのクリスマスパーティーに出た時、自分で作ったパーティードレスを纏《まと》っていた。淳一の同僚やその奥さんたちに囲まれ、手作りのドレスを褒められて嬉しそうにしていた。頼子はこのドレスにこめた自分の思いである「大和心」について、みなに話した。本居宣長の和歌「敷島の大和心を人問はば朝日に匂ふ山桜花」が、ピンク色を好む由来であると。

淳一は頭上の桜を見上げながら、ありし日の頼子の面影を追っていた。目を瞑《つむ》り、回想にゆっくりと耽《ふけ》ってから、中断していた散歩に戻り、坂道を上っていった。

桜の下で蘇った頼子とのアメリカでの思い出は、散歩中にも次から次と続いていった。早春の暖かさに誘われて啼《な》き始めたうぐいすの声が、至るところで聞かれ、淳一はその声を心地良く聞きながら、頼子の面影をなおも追い続けた。

家に帰り、お茶を入れ、居間の窓際に座った。陽はすでに初島の上に動いていた。伊豆大島もくっきりと姿を見せている。波打ち際では小さな白い揺れが見えるが、沖のほうの海面《うなも》は鏡のように平らになっている。

滅多にない滑らかな海面を見つめながら、淳一の目はその上に頼子の姿を思い浮かべていた。桜色のパーティードレスを身に纏った頼子が、頭上の陽の光の中で燦然《さんぜん》と輝いている。

それを見ながら淳一は、あの世での再会まではこの世で頑張って生きてほしい、と願う頼子からのエールを力強く感じていた。

［完］

［参考文献］
・「総合教育技術」七月号増刊　昭和五十八年七月五日発行　小学館
・読売新聞社編「作文優秀作品集　全国小・中学校作文コンクール　第四十五回　小学校一〜三年」平成八年三月二十五日発行　ぎょうせい
・海外子女教育振興財団「地球に学ぶ　第十回記念　海外子女文芸作品コンクール」一九九〇年一月九日発行
・海外子女教育振興財団「地球に学ぶ　第十四回　海外子女文芸作品コンクール」一九九三年十二月二十五日発行

著者略歴

真喜志 興亜（まきし・こうあ）

昭和十七（一九四二）年東京生まれ。明治大学法学部卒業後、琉球銀行入行。行員時代、沖縄テレビの番組「土曜スタジオ」司会者を兼任。

昭和四十五（一九七〇）年渡米、アメリカン大学大学院入学、国際関係論を専攻し、博士課程修了。その後、クレスタ銀行入行、勤務の傍ら、毎週火曜・木曜日の夜にワシントンで夫人とともに私塾を開き、海外子女を教える。

平成二十八（二〇一六）年、四十六年ぶりに日本に戻る。熱海在住。

著書に『真山の絵』（講談社、平成八年）、『諸屯《しゅどぅん》』（文藝春秋、平成三十一年）、『橋　その他の短編』（文藝春秋、令和二年）。

朝日《あさひ》に匂《にお》う桜《さくら》

二〇二一年五月一〇日　初版第一刷発行

著者　真喜志《まきし》　興亜《こうあ》
発行　株式会社文藝春秋企画出版部
発売　株式会社文藝春秋
〒一〇二―八〇〇八
東京都千代田区紀尾井町三―二三
電話〇三―三二八八―六九三五（直通）

印刷・製本　株式会社　フクイン

万一、落丁・乱丁の場合は、お手数ですが文藝春秋企画出版部宛にお送りください。送料当社負担でお取り替えいたします。
定価はカバーに表示してあります。

ISBN978-4-16-008994-5
JASRAC 出 2102762-101